Für unsere Freunde

Betrachtungen aus dem Leben

Die besten Kurzgeschichten aus fünf Jahren !MARCS

Redaktion
Thomas Friedrich (spilo)
Andreas Scherer (mohan)
Volker Vetter (volker)

Illustrationen
Alexander Tschesno (sanjok)
Sergej Archipow

© 2002
!MARCS Verlag (Non–Profit)
young electronic magazine

c/o scram! e.V. media community
Ludwigstr. 13
67346 Speyer

Tel 0 62 32 / 28 98 21
Fax 0 62 32 / 28 98 25
kontakt@marcs–online.de
http://marcs–online.de

Herstellung: Books on Demand GmbH, Norderstedt
ISBN 3 – 8311 – 4638 – 1

Inhalt

Vorwort

Fünf Jahre !MARCS young electronic magazine, wenn das nicht ein Grund zum Feiern ist. Aber wir feiern nicht im stillen Kämmerchen, nein, wir lassen euch daran teilhaben. Entstanden als Medienprojekt der *media community scram! e.V.* und anfangs so etwas wie ein "Sprachrohr" mit mehrheitlich Berichten aus der Vereinsarbeit von scram!, ist daraus heute ein sehr vielseitiges Internet–Magazin mit den Bereichen Kultur, Leben und Humor geworden.

Wir haben für unser Jubiläum die besten Kurz–geschichten ausgewählt, denn Kurzgeschichten waren schon immer ein Bestandteil unseres Magazins. Sie erzählen vom realen Leben oder sind einfach nur der Fantasie unserer Autoren entsprungen. Eines haben sie jedoch gemeinsam: Sie sind spannend geschrieben und machen Lust auf mehr.

!MARCS lebt von der Mitarbeit der Leser: Ihr könnt uns eure Artikel für die Online–Ausgabe zuschicken. !MARCS young electronic magazine ist ein NON–Profit–Magazin. Das bedeutet, dass es kein Geld gibt für das, was wir tun. Auch für uns nicht. Wir schreiben, weil uns das Schreiben Spaß macht und weil wir der Meinung sind, dass das, was wir schreiben, geschrieben werden muss. Die Rechte der Texte bleiben in jedem Fall bei dir, wenn du uns einen Artikel sendest. Wir drucken die Artikel unzensiert ab ganz nach dem Motto: "Ganz oder gar nicht". Unseren Lesern bieten wir den direkten Kontakt zum Autor an. Wenn uns ein Leser–Feedback zu euren Texten erreicht (was sehr oft der Fall ist), dann reichen wir es an dich weiter.

Interesse? Die Kontaktadresse steht im Impressum.
Wir freuen uns auf eure Beiträge.

Viel Spaß beim Lesen wünscht euch eure
!MARCS Redaktion.

Speyer im Oktober 2002

Nachtleben

von david

Es ist jetzt ungefähr 10 Uhr am Abend. Ich sitze hier und weiß nicht, was ich denken soll. 1000 Gedankenfetzen schwirren in meinem Kopf, bekomme sie nicht sortiert. Chaos!

Habe heute zu wenig gegessen und hab' ziemlichen Hunger. Was soll's. Grad mal noch ne Schachtel Kippen. Das wird wieder eine Nacht werden!

Bin nun seit einem Jahr draußen auf der Straße. Abgehauen. Es ist Nacht und ich sitz hier auf der Treppe des mächtigen Museumsbaus. Fette Säulen rechts und links neben mir, im Rücken ein uraltes Eisengitter.

Es regnet. Grelles, orangenes Licht der Scheinwerfer trifft das Pflaster des riesigen Vorplatzes. Zwischen den Pflastersteinen steht das Wasser. Geometrisch sortiert schimmern die Wellen der kleinen Tröpfchen, wenn sie in die Rillen stürzen.

Mir ist kalt. Durchnässt vom ewigen Regen. Vor mir läuft eine Straße. Autos fahren vorbei und verschwinden oft röhrend in den kleinen Gassen. Wind kommt auf. Ich ziehe mich noch weiter in meinen Unterschlupf zurück, bis zum kalten Eisen des großen Tores.

Leute laufen vorbei. Alleine, zu zweit, in Gruppen. Hastig, laut lachend oder stumm. Sie laufen vorbei, ohne mich zu sehen. Auch wenn sie herschauen, sehen sie mich nicht. Wollen mich nicht sehen. Was mag nur in den

Leuten vorgehen?

Der Regen wird schlimmer, bald ist keiner mehr draußen zu sehen. Ich bin alleine. Bin neu in dieser Stadt. Pech. Wo soll ich heute pennen? Kenne keinen und bei Regen trifft man niemand.

Vor mir in den Häusern geht das Licht aus. Es ist schon 1 Uhr durch. Rauche meine letzte Kippe, versuche mich hinzulegen. Extrem kalt der Steinboden, alle Klamotten nass. Wie soll das weitergehen?

Die Leute in den Häusern haben es gut. Es ist warm und es gibt was zu essen.

Warum bin ich nur abgehauen? Warum ist mein Leben nur so scheiße?

Warum?

Bahnhofskino

von spilo

Alles fing eigentlich ganz harmlos an:

Es ist 11:00 Uhr; Samstag. Das Telefon klingelt. Denis. Mal wieder hat er mich geweckt. Er sagt mir, dass er heute mit dem Zug aus Köln kommt. Wie so oft. Er fragt, ob ich ihn abholen kann. Na klar, sag ich. Hmmm. Naja, eigentlich bin ich ja froh, wenn er mich besuchen kommt.

Nachmittags mach ich mich auf den Weg nach KA. Stell mein Auto ab und fahr den Rest mit der Tram – wie immer. Noch ein wenig Zeit. Trödle zum Bahnhof.

17:00 Uhr. Der Zug aus Köln ist da, Denis nicht. "Mist!", denk ich. "Ist er wieder erwischt worden." Denis lebt sozusagen auf der Straße (jetzt gottlob nicht mehr); fährt immer schwarz. Anrufen kann ich ihn nicht. Er hat kein Telefon.

Also: warten. Der nächste Zug kommt in einer knappen Stunde.

Laufe etwas durch den Bahnhof. Viele Leute unterwegs heute. Lehne mich an eine Wand und träume vor mich hin.

Es kommt so ein alter Schleimbeutel auf mich zu; so um die 40. Er sagt mir, dass das Wetter schlecht ist. Fragt, was ich heute noch mache und zwinkert mit einem Auge. Geht ihn einen Scheißdreck an. Macht der alte Sack mich doch tatsächlich an. "Zisch ab!"

Ziehe meine Kappe tiefer ins Gesicht. Der Alte zieht weiter. Dann sehe ich ihn mit einem dunkelhaarigen Jungen schwätzen. Der Junge macht einen unsicheren, schüchternen Eindruck; könnte einer von der "Straße" sein.

Der Alte geht Richtung Klo, der Junge folgt in sicherem Abstand. Wahnsinn! Am liebsten hätte ich den Jungen gestoppt, doch was soll's. Keinen Mut? Keine Lust? Einige mich auf "nicht zuständig".

In der Wartehalle hat sich inzwischen ein Obdachloser niedergelegt. Das geht nicht lange gut. Protestierend tragen ihn zwei Beamte in grün zur Bahnhofsmission. Immer das selbe Spiel. Lustig lustig.

Die Stunde ist bald rum. Hoffentlich kommt Denis jetzt.

Da sehe ich wieder den Jungen von vorhin. Er wirkt extrem verstört. Er weiß, dass ich gesehen habe, was abgeht. Ich kann nicht helfen, will auch nicht. "Mach's gut, Junge.", denke ich mir leise. Hoffentlich hat er kein Aids. Wäre schade mit 18. Meine Blicke scheinen ihn vor Scham zu töten. Sorry, "ich weiß von nichts." Schaue trotzdem nicht weg!

Der Zug fährt ein. Kein Denis! Scheiße!

Vom Bahnsteig zurück zum Fahrplanständer in der Halle: nächster Zug in zwei Stunden. Ein ICE. Denis wird den kaum nehmen können. Trotzdem will ich warten, da der Junge sich bisher auch bei mir daheim nicht gemeldet hat. Hoffentlich ist alles OK!

Verlasse den Bahnhof. Will mir der Tram etwas durch KA fahren. Steige in einen Bus. Linie 47. Meine Karte gilt in 3 Zonen. Mal seh'n, wo die Reise hingeht.

Neben mich setzt sich ein junger Punk. Ein Junge? Ein Mädchen? Nicht zu erkennen. Haare 3 mm, dazu lange, rote Mähne. Walkman. Was ist denn heute los? Seh ich heute anders aus, als sonst? Nein, eher nicht. Muss am Wetter liegen − es regnet. Mein Sitzpartner stiert mich an. Wieso setzt sich das "Etwas" (sorry, nichts gegen Punks, aber ich weiss ja nicht, welches Geschlecht sich da niedergelassen hat) genau neben mich? Es ist doch alles leer! "Was geht ab?" frag ich genervt und nun stellt sich heraus, dass es ein "Er" ist. So um die 16 und mit roten Backen wie Omas Lieblingsenkel − es ist Winter.

Plaudern ein wenig. Der Kerl wohnt noch zuhause, also gar nicht so schlimm, wie es Denis erwischt hat. Erzähle ihm von Denis. Punk: "Cool!" Naja, ich weiß nicht.

Die Rundreise ist bald vorbei: "Nächster Halt: Hauptbahnhof" signalisiert die ELA−Anlage des Busses. Noch fünf Minuten, Gleis 2. Dann: schöner ICE, erinnert mich an meine geschäftliche Fahrt nach München vor ein paar Wochen. Kein Denis; klar!

Also: der nächste Zug! 23:12 Uhr, Bahnsteig 3. Hoffentlich ist Denis dabei. Sonst wird's eng, denn es kommt dann nur noch der Nachtzug.

Es ist draußen schon dunkel. 20:23 Uhr. Ein riesiger Fernseher in der Bahnhofshalle zeigt ständig dasselbe Programm. Immer noch viele Leute unterwegs.

Gönne mir einen Kaffee. Endlich was Warmes.

Gehe in den Buchladen und kaufe mir einen Stern. Kaufrausch? Mal schauen, was drin steht.

Da treffe ich wieder zwei Punks an der Kasse; ältere diesmal. Stefan mit seiner Freundin, wie sich später herausstellt. Er kauft ein komisches Heft mit "Ketzerbriefen" oder so. Die Freundin zeigt spottend auf eine andere Lektüre, die im Kassenbereich ausliegt: "Karriere für junge Leute". Stefan meint, dass das ja genau das Richtige für ihn wäre und blickt besorgt daher. Muss hierbei an Denis denken. Stefan schmeißt tollpatschig meinen "Stern" runter. "Entschuldigung" sagt er. "Macht nichts", grinse ich zurück. Erzählen noch etwas. Nette Jugendliche, die zwei. Manch "Normale" könnten sich eine Scheibe davon abschneiden, aber das kenne ich ja.

Setze mich in den Wartebereich der Station. Es zieht und ist unbequem. Deshalb höre ich auch wieder auf, wie wild in meinem neuen Stern zu blättern.

Wie mag das Bahnhofskino hier weitergehen, frag ich mich, da fallen mir auch schon wieder zwei Teenies auf. Vielleicht 15. Ein kleiner schmächtiger Junge mit einer ziemlich kaputten Nylon–Jacke und einer schwarzen Mütze tief im Gesicht; die braunen längeren Haare schauen unter den Ohren wieder aus der Mütze hervor. Müsste mal wieder zum Frisör. Daneben ein etwas pummeliges blondes Mädel, eigentlich ganz normal. Hat so einen komischen Fummel an. Sie himmelt den Jungen an. Wahrscheinlich kommt nur er aus richtig schlimmen Verhältnissen.

Beide rauchen ganz cool eine Kippe. Danach irren sie ohne Ziel durch die Halle. Auf und ab.

Das Wachpersonal hat sich bisher zurückgehalten. Die wollen wohl auch nicht jeden Scheiß machen.

Von außen kommt ein älterer Jugendlicher dazu. Die Dreiergruppe geht hastig vor das Bahnhofsgebäude. Ich kann sehen, dass "etwas" ausgetauscht wird. Drugs or Rock'n'Roll?

Laufe etwas umher. Noch eine Stunde bis zur nächsten Zugankunft.

"Amigo" schallt es von hinten. Ein ziemlich komischer Mann spricht mich an und will mir eine Fahrkarte andrehen. "Kein Bedarf!", sage ich. Doch der Kerl beginnt, mir ein Ohr abzuschwatzen. Seit drei Tagen ist er draußen, aus dem Knast. Jetzt will er nach München zu seiner Schwester. Na Prost! Da kommt schon wieder so ein kleiner, fetter Mann auf uns zu. "Habt ihr Feuer" fragt er. Gepflegt sieht er aus, ganz normal eben. Wieso fragt er nicht irgendwelche anderen Leute, sondern mich und den "Penner". Mir schwant schon wieder etwas. Ist heute wirklich alles so, wie immer? Da will "Mann" mir auch schon eine Zigarette andrehen. "Nichtraucher", sage ich genervt, denn Mann will mit mir ein Gespräch anfangen. Der soll mit dem Knacki schwätzen, den lässt er jedoch nicht zu Wort kommen. Mann will, dass er geht. Stattdessen gehe ich! Pech gehabt, bin net schwul! (sorry Jungs, will euch nicht beleidigen, aber da wärt auch ihr wieder hetero geworden, schätz ich!)

Bekomme Hunger. Denke abwechselnd an die zwei Punks vom Buchladen und an Denis. "Mensch, mein Junge, wo steckst du denn. Könntest dich ja wenigstens mal melden." Merke, dass ich den Kerl eigentlich ganz gerne habe. Fast wie einen kleinen Bruder, seitdem er ab und zu bei mir wohnt.

Kurz in Gedanken versunken, sehe ich schon wieder etwas, was mir an anderen Tagen nie aufgefallen wäre: Da kommt ein Typ so um die 22 in die Halle rein. Dunkelblonde, etwas gestylte und zerzauste Haare; Jeans. Ein Kumpel von mir würde sagen "Hmmm, ein Schnucki". Schwul war er bestimmt. Und blutig im Gesicht. Schlägerei gehabt?

Ängstlich schleicht er auf und ab; schaut sich um, als erwarte ihn das jüngste Gericht. "Wieder ein Stricher", denke ich. Das hätte ich nie gedacht, dass es sowas tatsächlich gibt. Extrem. Der Kerl tut mir leid. Erstaunt schaue ich ihn an; bestimmt 10 Minuten. Als sich unsere Blicke treffen, zucke ich etwas zusammen; ein eiskaltes Gefühl überkommt mich. Ich wollte den Jungen nicht durch meine fragenden Blicke auf mich aufmerksam machen. Bin halt neugierig.

Unsicher bewegt er sich nun auf mich zu. Was soll ich denn jetzt machen? Ich will den Jungen nicht verarschen, will aber auch nichts mit ihm zu tun haben.

Auf einmal dreht er erschrocken ab, rennt fast aus der Halle und beinahe noch in eine Hundeleine. Sekundenbruchteile später weiß ich, warum:

"SPIIILOOOOOOOOOOOOOOOOOOO!" schreit eine mir vertraute Stimme von hinten und ein schwerer Brocken springt auf mich los! Ich werde in meine Welt zurückgerissen und auch fast zu Boden: von Denis! So heftig ist mir seine Begrüßung noch nie vorgekommen. "Ich bin per Anhalter gekommen" erklärte er die Situation.

Völlig aufgeregt verlassen wir den Bahnhof und fahren nach Hause. Erst viel später erzähle ich meinem Freund, was ich erlebt habe.

Tja, ich denke, die Welt ist sehr vielfältig. Wahrscheinlich muss man nur die Augen öffnen, damit man auch mal echtes "Bahnhofskino" erlebt. Es gibt sicherlich täglich neues Programm.

Nur Mut!

1945 – Flucht und Kriegsende

von egon rufenach

Am 13. Januar 1945 werde ich zur Fliegeruntersuchungs–stelle nach Posen bestellt und als "voraussichtlich wehrfliegertauglich" eingestuft. Glücklicherweise kommt es nicht mehr zur Schulung als Lastensegler– oder Me 163–Pilot, für die ich vorgesehen war. Seit November 1944 bin ich sowieso schon "langfristig dienstverpflichtet" und bei der Luftschutzpolizei kaserniert.

Am 16. Januar ist der erste Fliegerangriff der Russen auf Lodz. Zum Glück ist der Leiter unserer Dienststelle – ein österreichischer Oblt. Wimmer – ein vernünftiger Mensch, der uns am 17. nach Hause schickt und uns den Rat gibt, westwärts zu gehen. Die Russen haben den Stadtrand erreicht.

Mein Vater hat mir ausdrücklich angesagt, dass ich dafür verantwortlich bin, Lodz westwärts zu verlassen, in der weisen Voraussicht, dass es meiner Mutter zu schwer fallen wird, ihr in 20 Jahren mühsam erworbenes Heim zu verlassen. Außerdem hat er mir für den Notfall eine belgische FN–Pistole Kal. 9mm gegeben und im Wald einige Schießübungen mit mir gemacht.

Meiner Mutter hatte ich schon am 16. Januar gesagt, sie solle die Koffer packen. Als ich nach Hause komme, hat sie 11 Koffer und Taschen gepackt, mehr waren nicht da! Ein polnischer Freund kommt noch und versucht uns davon abzubringen, in der Kälte loszugehen. Wir hätten doch niemandem etwas getan und außerdem würde er uns schützen. Ich bin aber stur und folge den Weisungen meines Vaters. Auch den Gerüchten "wir würden evakuiert" schenke ich keinen Glauben. Leider weiß meine Mutter nicht, was sie in welchen Koffer gepackt hat. Wir packen noch etwas Proviant in einen Rucksack und eine große Aktentasche meines Vaters. Schnell hacke ich noch ein großes Stück Honig aus einem Blecheimer und stecke es in die Hosentasche. Über den Luftwaffenmantel ziehe ich meines Vaters Karakulpelz. Mit den beiden größten Koffern auf einem Kinder-schlitten, einem Rucksack und zwei Taschen beginnen wir den Marsch bei minus 20–30 Grad Celsius in Richtung Pabianice.

Schnell wird es dunkel und ich verliere die Lust am Laufen. Im Fabrikhof einer Weberei sehe ich einen großen, mit zwei Pferden bespannten Rollwagen und wir laden unser Gepäck auch noch auf den bereits überfüllten Wagen. Einen Werkschutzmann, der uns daran hindern will, entwaffne ich und halte ihn mit der FN in Schach, bis der Wagen den Hof verlässt. Mittlerweile ist es dunkel geworden. Nur sehr langsam bewegt sich der Treck. Im Morgengrauen sind wir gerade aus Pabianice raus und es gibt den ersten Tieffliegerangriff. Nachher merken einige Leute auf dem Wagen, dass wir nicht dazugehören. Einer will unser Gepäck vom Wagen werfen. Ich überrede ihn es bleiben zu lassen, indem ich die FN durchlade.

Wir laufen sowieso die ganze Zeit vor, hinter oder neben dem Wagen aus Angst vor Erfrierungen. Ich ernähre mich von dem Honig aus meiner Hosentasche. Auf dem Wagen sind 28 Personen mit Gepäck. Es ist ein großer Rollwagen mit Spriegel, Plane und Luftbereifung, bespannt mit zwei riesigen Belgiern und eigentlich nur für den Transport der Stoffballen zum Bahnhof gedacht.

Am dritten Tag sagt der polnische Kutscher, dass er nach Hause zu seiner Familie will, aber bereit ist, jemandem beizubringen, was die Pferde brauchen und wie man sie anschirrt. Meine Mutter fragt auf dem Wagen, ob einer der Männer das kann oder übernehmen will. Es sind recht merkwürdige Leute, keiner ist dazu bereit. Einer sagt, ich solle mich doch auf den Bock setzen und den Kutscher mit der Pistole zwingen, uns weiter zu fahren, aber dazu bin ich nicht blöd genug. Also übernehmen meine Mutter und ich das Gespann.

Wir versuchen den Leuten auf dem Wagen klarzumachen, dass sie sich Erfrierungen zuziehen werden, wenn sie nicht auch laufen. Nur eine junge Frau mit ihrer sechsjährigen Tochter hört auf uns. Wir fahren jetzt 3–4 Stunden, dann eine längere Pause. Das Grollen der Front ist immer hinter uns. Einmal fahren wir nachts nach Karte und Kompass über Feldwege und durch Wald abseits vom Treck. Ich sitze auf dem Kutschbock. In allen Richtungen ist der Himmel von Bränden erleuchtet. Ich habe große Angst, weil auch im Westen ein Brand zu sehen ist. Wir kehren zum Treck zurück, der sich aber nur stockend vorwärts bewegt. Ich gehe wieder mal "organisieren", finde aber dann den Wagen nicht wieder. Abseits der Straße setze ich mich in den Schnee. Ich kann nicht mehr. Plötzlich ruft mich meine Mutter, der Wagen war hinter mir, während ich ihn immer vorn suchte.

In der folgenden Nacht sind wir in einer großen Scheune und versorgen die Pferde. Eins der Pferde ist offensichtlich krank. Es legt sich hin und will weder fressen noch trinken. Zwei Soldaten haben auf dem Hof ein Schwein geschlachtet und einer meint, dass dem Pferd nicht zu helfen sei. Ich bin verzweifelt, denn ich sehe keine Chance, anders weiter zu kommen. Meine

Mutter nimmt aus ihrem Rucksack eine Flasche Kognak und meint: "Vielleicht hilft's". Ich halte den Kopf des apathischen Pferdes und die halbe Flasche muss es schlucken. Wir decken es mit Decken und Stroh zu, und ich lege mich mit dem Kopf auf seinen Hals. Ich wache auf, weil das Pferd sich bewegt. Im Haus finde ich im Schaff am Ofen heißes Wasser und wärme damit den Eimer Wasser aus dem Brunnen. Das Pferd säuft zwei Eimer aus, furzt gewaltig und schüttelt immer wieder den Kopf. Ich vermute, es hat Kopfschmerzen vom Alkohol. Die Pferde werden gefüttert und getränkt, nur die junge Frau hilft meiner Mutter und mir. Ich habe jedes Zeitgefühl verloren, so dass ich auch heute noch nicht erinnere, an welchem Tag sich was ereignet hat.

Vor Lissa, nach 5 Tagen und ca. 400 km, bin ich so ziemlich am Ende meiner Kraft. Wir haben in einem kleinen Haus an der Bahn Pause gemacht und Frauen vom Wagen wollen von dem Schweinefleisch, welches ich von den Soldaten bekommen habe, Essen bereiten. Als wir die Pferde versorgt haben, stellen wir fest, dass sie die großen Stücke Fleisch mit Speck und Schwarte in einem Waschkessel gekocht haben. Es ist ungenießbar! Ich bin wütend und erschöpft.

In einiger Entfernung sehe ich Rauch aus einer Rangierlok aufsteigen. Zwei Eisenbahner haben zwei Güterwaggons angehängt. Ich frage, wo sie hinfahren. "Nach Westen." Können wir mitfahren? "Ja, klar." Ich sage den anderen Leuten Bescheid, aber nur die junge Frau mit ihrer kleinen Tochter geht mit uns. Es fällt mir schwer, die Pferde im Stich zu lassen, nicht aber die Leute. Die Reise wird aber nur kurz. Am Bahnhof Lissa werden wir von den Uniformierten rausgeworfen und die Waggons wohl für prominente Parteigenossen

reserviert.

Es ist Nacht und auf einem Gleis steht ein Lazarettzug. Posten patrouillieren um den Zug, auch auf der Rückseite, wo wir mit unserem Gepäck im Dunkeln hocken, laufen sie in größeren Abständen entlang. Wir erklimmen einen Waggon und verstecken uns zu viert mit Gepäck in der Toilette des D–Zugwagens. Glücklicherweise fährt der Zug bald los. Wir ziehen um auf die Plattform und bald entdeckt uns eine Krankenschwester: "Hier sind ja doch paar mitge– kommen!" ruft sie in den Wagen. Für uns werden zwei Betten freigemacht. Ich schlafe dann 48 Stunden, bis wir in Frankfurt/O. ankommen. Meine Mutter erzählt, dass es nicht möglich war mich aufzuwecken, und sogar der Arzt von der Schwester geholt wurde.

In Frankfurt herrscht schon wieder Ordnung. Man muss Fahrkarten kaufen und Züge verkehren noch annähernd nach Fahrplan. Wir fahren nach Trebbin, wo wir Verwandte haben. Wie selbstverständlich werden wir aufgenommen. Da ist auch noch Irka, eine Schwägerin meiner Mutter. Platz ist nur noch auf dem Dachboden. Der ständige Luftalarm, tags die Amis und nachts die Tommys, behagt mir gar nicht, mein Schlafbedürfnis ist immer noch sehr groß. Ab und zu fallen auch noch Bomben!

Meine Mutter erinnert sich, dass der Ort, wohin wir ein Sperrholzfass geschickt haben, Mückenberg heißt und dass es Verwandte von meinem Großvater Neuhäuser sind. Also mache ich mich auf den Weg nach Mückenberg. Das ist zwar beschwerlich, Fahrkarten gibt es nur bis zu 75 km Entfernung, es reicht aber erstmal bis Herzberg und dann muss eine neue gelöst werden, ich kann also erst mit dem nächsten Zug weiterfahren. Da es aber die "falsche Richtung" ist, sind die Züge nach Osten leer. Vor dem Bahnhof Mückenberg frage ich den ersten, den ich sehe, ob er wohl wüsste, wo Neuhäuser wohnen: "Ja natürlich: Im Giesen Nr. 1."

Meine Großeltern sind schon da! Am nächsten Tag fahre ich schon wieder zurück nach Trebbin, um meine Mutter abzuholen. Als ich ankomme, erwartet mich ein Onkel meiner Mutter am Bahnhof mit der Warnung, dass ich gesucht werde. Leute aus dem Haus hatten es eilig, mich als fahnenflüchtig anzuzeigen. Da ich aber noch meine Volksliste hatte, konnten wir uns schnell nach Mückenberg absetzen.

Zuerst waren wir bei Opas Bruder Julius untergebracht, später dann bei Bohn's, einer Schwester von Opa. Aus heutiger Sicht kann man nur noch staunen über das Maß an Solidarität, das es damals gab. Es muss Anfang Februar gewesen sein.

Am 13. flogen die Alliierten Bomber den Angriff auf Dresden. Tagsüber sieht man die vielen Kondensstreifen am Himmel, nachts glüht der Himmel von der brennenden Stadt und wieder fliegen die Bomber über uns. Am 17. Februar ist mein 15. Geburtstag. Der elende Krieg nähert sich dem Ende. Der lebensgefährliche Witz des Tages:

Es wird noch Heu gebraucht für die Ochsen, die noch an den Sieg glauben!

Vermutlich gegen Anfang April stehen die ersten Russen im Zimmer. "Uri–Uri" sind die ersten Worte. Mein Großvater spricht sie russisch an, sie sind sehr erschrocken, vermutlich weil sie auf eigene Faust marodieren. Die Situation ist nicht ungefährlich. Im Haus werden auch zwei Frauen vergewaltigt, wir haben es gar nicht bemerkt. Am nächsten Tag wage ich mich aus dem Haus, werde prompt von einem Kalmücken zu Pferde erwischt und zu einem LKW zum Brotempfang eskortiert. Da keine Leute da sind, werden mir fünf Kommissbrote russischer Machart (klatschnass) auf die ausgestreckten Arme geladen. Kaum bin ich wieder zu Hause, kommen Nachbarn und wollen was abhaben. Ich erkläre ihnen, wo der LKW steht, aber keiner geht hin.

Wir ziehen rüber zu Bohn's, weil dort etwas mehr Platz ist. Noch immer müssen sich die Frauen auf dem Heuboden verstecken und die Männer – Kurt, H. Bohn, Opa und ich – schieben Wache in der Sommerküche. Die Russen, die jetzt über den Zaun eindringen, sind sehr verunsichert, wenn sie plötzlich vier Personen gegenüberstehen und auch noch russisch angesprochen werden. Sie verschwinden lieber schnell wieder.

Mit Kurt Bohn beginnen wir die nähere Umgebung zu erkunden. Schräg gegenüber in einer großen Villa hat der Amtsleiter seine Familie und sich selbst erschossen. Die Toten, seine Frau, Tochter und ein Kleinkind, liegen im Wohnzimmer. Wir beerdigen sie im Garten vor dem Haus. In die Grube, die wir ausgehoben haben, legen wir unten einen Teppich und die Leichen wickeln wir in Bettlaken. Bis dahin wurde das Haus noch nicht geplündert, aber als wir am nächsten Tag nachschauen, waren bereits die Nachbarn da und haben ausgeräumt. Das empfinden wir als unverschämt. Der im Wohnzimmer stehende Tresor ist allerdings noch verschlossen, ich erinnere mich an einen Schlüsselbund, den ich beim Vergraben der Toten irgendwohin geworfen habe. Mit Kurt gehen wir rüber und finden den Schlüsselbund. Es hängt wirklich der Tresorschlüssel dran. Wir öffnen ihn und finden einen kleinen Lederkoffer mit Geld, eine Leica, eine 7,65 Walther und eine Kiste Zigarren. In diesem Augenblick kommen zwei Polen rein, die uns verprügeln und unsere Beute abnehmen.

Nachts kann ich kaum schlafen, weil ich die Idee habe, dass Geldschränke ein Geheimfach haben! Am Morgen eilen wir wieder zum Tatort. Nachdem ich den Kopf in den Geldschrank gesteckt habe, sehe ich tatsächlich oben eine Klappe mit Schlüsselloch. Den Schlüsselbund habe ich ja noch und gleich ist die Klappe geöffnet. Etwas enttäuscht sind wir schon. Es ist nur ein komplettes Silberbesteck, was wir Schachtel für Schachtel aus–räumen, der kleine Koffer liegt noch im Zimmer, ich werfe das Geld aus dem Fenster in den Hof und wir nehmen Löffel, Gabeln, Messer und was da noch alles für Teile sind, aus den Kartons, aber der Koffer reicht auch ohne Verpackung nicht aus, also wird noch eine Schlafanzughose als Rucksack umfunktioniert und die Beute nach Hause geschleppt. Nachdem wir zu Hause unseren Schatz auspacken, geht es los: "Unrecht Gut gedeiht nicht." ist noch die mildeste Formulierung, mit der wir durch Oma, Mutti und Tante bombardiert werden. Am nächsten Morgen sind wir weich und bringen den Schatz wieder in den Geldschrank zurück. Ich verschließe ihn aber sorgfältig und nehme den Schlüssel mit. Ein paar Tage später ist er mit Vorschlaghammer und Schrotbeil aufgebrochen und der Schatz verschwunden. Den kleinen Lederkoffer behalte ich wohl mehr aus Versehen.

Julek Neuhäuser wie auch mein Großvater sind alte

Kommunisten und werden von der Kommandantur zur Selbstverwaltung und als Dolmetscher herangezogen. Nach einem Jahr sind sie allerdings durch neue "Kommunisten" ersetzt. Durch Beziehung zur Kommandantur bekommen wir eine Wohnung am Denkmalsplatz Nr. 7. Natürlich mit meinen Großeltern zusammen.

Alle werden zu Arbeitseinsätzen aufgerufen. Auf dem abgebrannten Gutshof in der Ortsmitte müssen wir uns melden. Dort entdecke ich ein Viertel Kuh unter einem eingestürzten Gebäudeteil. Es gelingt mir, dieses riesige Stück Fleisch zu bergen. Ich finde auch eine Blechdose, die wir dann zu Hause öffnen. Der Inhalt besteht aus drei gelblichen Stangen. Oma meint, es könnte Spargel oder sowas sein. Nachdem wir daran geleckt haben, fängt das Zeug ganz plötzlich an heftig zu brennen. Glück– licherweise stehen wir direkt am Herd und werfen es hinein. Es war gelber Phosphor und die Dose wohl ein Brandsatz der ruhmreichen deutschen Armee. Auf einer Straße liegen Eingeweide, aber ich ziehe meinen Großvater zu Rate. Es sind menschliche Teile.

Ich werde einem Leichenbestattungs–Kommando zuge– teilt. In einigen Häusern haben sich Nazis mit ihren Familien erschossen oder vergiftet, das sind die Dummen, die anderen sind längst im Westen ver– schwunden. Auch tote Soldaten liegen noch in den umliegenden Wäldern. Bei der Bekämpfung der vielen Waldbrände werden auch noch Leichen gefunden.

Am 8. Mai hören wir im Radio, dass jetzt wirklich und endlich Frieden ist. Die Schulen bleiben allerdings noch geschlossen. Ich muss etwas tun und finde eine Lehrstelle als Elektriker bei der Firma Laube. Für 25.– RM im

Monat werde ich so richtig ausgenutzt, von Ausbildung ist keine Rede. Es wird nur auf Bauernhöfen und Gütern gearbeitet. Ich arbeite mit einem Gesellen zusammen, der nur wenig älter ist als ich. Wir stehlen alles, was essbar ist. Die Inspektion möglicher Eierlegeplätze ist morgens die erste Tätigkeit, allerdings werden die Eier gleich ausgetrunken. Natürlich muss auch in der Speisekammer Licht gelegt werden. Auf dem Getreideboden liegt nur noch Hirse und Raps. Wir arbeiten aber auch schwer. Zu zweit setzen wir etwa einen Kilometer Holzmasten, installieren Kuhställe und Wohnhäuser. Die Nuten in den Mauern werden mit Hammer und Meißel geschlagen.

Um die Arbeitsstelle (Leppsche Jacke) zu erreichen, habe ich mir ein uraltes Fahrrad mit Gartenschlauchbereifung zusammengebastelt in der Gewissheit, dass die Russen mir das wohl nicht wegnehmen werden. Eines Morgens kommt mir ein Pulk Russen auf Fahrrädern entgegen – also keine Gefahr, nur habe ich den einen nicht gesehen, der hinter der Gruppe herhinkt. "Idi suda" und schon bin ich mein Fahrrad los. Aber in der Hand habe ich ein wunderschönes Fahrrad mit 2"-Ballonreifen, nur ein Pedal ist abgebrochen. Mit diesem Fahrrad kann ich natürlich nicht zur Arbeit fahren. Aber aus Schrott wird wieder eins zusammengebastelt.

Zwei Jahre später taucht der Dorfpolizist bei mir auf:
"Du hast mein Fahrrad!"
"Das kann nicht sein, ich hab's mit einem Russen ge-tauscht."
"Ja, die haben es mir weggenommen."
"Willst du behaupten, die Russen klauen Fahrräder?"

Einmal bekomme ich einen lahmen Gaul geschenkt. Geschlachtet wird er in der Waschküche, das ergibt eine große Menge Fleisch, die man auch gegen vieles eintauschen kann. Bei uns gehen viele russische Offiziere ein und aus. Einer fällt besoffen die Treppe hinunter und verliert dabei seine Pistole. Mühsam muss ich herausfinden, wo er im Quartier ist. Mittlerweile kann ich schon so gut russisch, dass ich ihn unter einem Vorwand herausrufen kann. Angstschlotternd kommt er. Als ich ihm sage, dass ich eine Pistole unter einem Busch gefunden habe, fällt er mir um den Hals. Am nächsten Morgen liegt ein frischgeschossenes Reh vor unserer Tür.

Mutti arbeitet in der Näherei, wegen der Lebensmittelkarte. "Wer nicht arbeitet, braucht auch nicht zu essen!" ist ein einleuchtendes Argument der Sowjets. Auch sonst erscheinen mir die kommunistischen Ideen sehr sympathisch. Ich werde Gründungsmitglied der Antifa–Jugend in Mückenberg. Laientheater, Tanzveranstaltungen und politische Schulung sind die ersten Aktivitäten. Es geht sehr demokratisch zu, was mir auch gefällt. Auch die kirchliche Jugend ist wieder aktiv, aber nicht so attraktiv.

Im Spätherbst werden auch die Schulen wieder geöffnet. Ich gehe zuerst nach Elsterwerda aufs Gymnasium, werde aber dort wegen eines harmlosen Flirts mit der Tochter meines Klassenlehrers mit einem Wust schlechter Noten bedacht, da wir bei ihm Latein, Englisch und Deutsch haben. Seine Tochter besorgt mir sogar seine eigne Originalübersetzung einer Klassenarbeit, aber auch diese zensiert er mit mangelhaft. Das reicht allerdings dann aber zur Beschwerde beim Kreisschulrat und bringt ihm einen Rüffel ein. Ich ziehe es aber vor, die Schule zu wechseln. Ab 15. Januar 1946 gehe ich nach Hoyerswerda in das Lessing–Gymnasium.

Das zweite Friedensjahr hat begonnen !

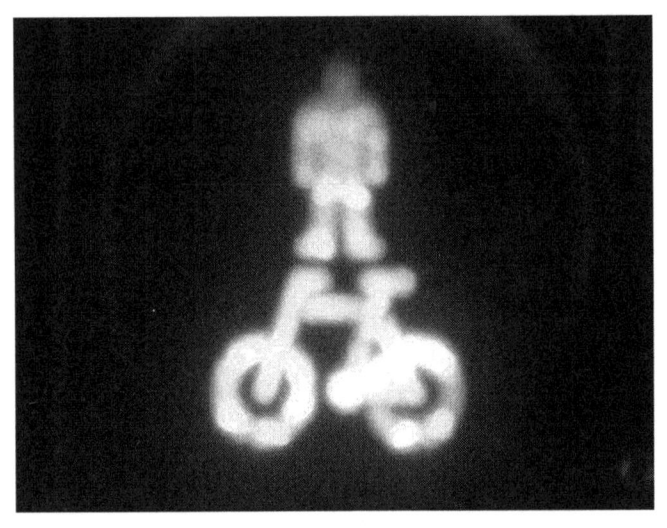

Ein Tag wie jeder andere

von spilo

Morgens um 6:20 Uhr klingelt mein Wecker. Es ist irgend ein Tag in der Woche. Ich bin saumüde, da ich gestern mal wieder die ganze Nacht durchgemacht habe.

Ich muss aufstehen, will aber nicht. Hilft nichts, ich muss zur Schule. Gestern habe ich schon blau gemacht. Wenn ich es übertreibe, bekomme ich wieder mal Stress und dazu habe ich keinen Bock.

Also raus aus den Federn. Erstmal Musik anmachen. Coolen Hip Hop reingelegt. Diese MP3 sind wirklich eine fette Sache. Mit meiner neuen Flatrate kosten mich diese ganzen CD's fast nichts mehr.

Jetzt aber schnell! Der dumme Bus kommt gleich. Wo ist mein Handy? Mist! Ach da ist es ja. Oh nein! Der Akku ist fast leer. Was für ein Scheiß immer. So los jetzt. Keine Zeit mehr für das Frühstück, aber dafür gibt es den Fastfood neben der Schule.

Die Schultasche ist aber wieder schwer. Ich muss das Teil unbedingt mal ausmisten. Ich schleppe immer alles mit. So habe ich jedoch immer so ziemlich alles dabei; ich peil eh nicht, welche Fächer ich wann habe.

Endlich! Der Bus ist da. Ergattere einen Sitzplatz. Ein paar Kumpels haben mir freigehalten. "Hey, was machste denn heute Abend?" "Ich zieh mir ein Video rein!" – "Echt?" – "Ich hab'n Date".

Der Bus stoppt. Endstation. Es ist noch fast dunkel draußen. Schnell noch etwas frühstücken, denn ich muss noch die Hausaufgaben abschreiben. Immer diese Hektik!

Später in Mathe. Brechend langweiliger Unterricht. Irgend etwas mit Binomi oder so. Tausend Klammern und wirre Formeln. Wozu braucht man das? Schreibe lieber SMS an meine Kumpels aus dem Chat gestern. IRC ist echt geil!

"Ähm, Hausaufgaben? Oh, ich konnte gestern nicht. Ich musste..." Scheiße. Stress. "Was hast du denn da?" – "Nichts, Frau Weinhold!" – "Gib mir sofort das Handy! Hier wird nicht gespielt! Das wird ein Nachspiel haben. Ich möchte einen Termin mit deinen Eltern." Mist, jetzt gibts wieder ewigen Stress mit den Alten.

Die restliche Zeit in der Schule vergeht ähnlich langweilig. Echt strack das alles. Deutsch! Äähh! Und Bio, voll die Schlampe! Nachher noch zwei Stunden Sport; Nachmittagsunterricht. Ne, das ist zu viel. Ich hau ab.

Endlich zuhause. "Oh! Schon da?!? Gibt es was Neues?" – "He, was ist?" – "Ob es was Neues gibt?" – "Nö!" – "Das Essen steht in der Mikro! Ich muss jetzt weg ins Fitness–Studio!" – "OK!, Tschüss!" Immer diese Eltern. Endlich Ruhe.

Mal sehen, was im Fernsehn kommt. Schnell mal das Essen ins Zimmer geholt. Wo ist denn die Cola? Leer! Kann denn Mutter nie dafür sorgen, dass Cola im Haus ist.

Voll die Talkshows. Das ist echt Verarschung. Man sollte das Fernsehen abschaffen. Gleich mal nach E–Mails schauen. Das mit dem Handy ist scheiße. Jetzt hat diese Fotze mein Teil!

Nachher kommt ein Kumpel. Wir wollten noch etwas skaten gehen. Mal sehen. Es ist ziemlich kalt draussen. Habe eigentlich keinen Bock.

Wird Zeit, dass ich endlich 18 bin. Dann bekomme ich ein Auto und kann endlich rumfahren. Das Taschengeld ist echt zu schade für den Bus und die fahren sowieso nur am Tag.

Es ist schon fast sieben Uhr. Mein Kumpel ist nicht gekommen. Naja, hatte wohl auch keinen Bock. Mal den Computer anmachen, ein wenig surfen. Da waren noch einige Tracks, die ich downloaden wollte. Morgen mal neue Rohlinge kaufen.

"Dingdong" – "Macht denn keiner auf???" Hmmm, alles muss man hier selber machen. Opps, schon 23:00 Uhr. Eltern schlafen schon.

"Hi Sven! Mann, wie gehst du denn ab, Alter? Bist ja total breit!" – "Mann, mach dich locker!" – "Hey, Langer, nicht so laut, meine Alten." – "Willst du auch was? Ich hab was zum Rauchen dabei!"

Der Fernseher läuft immer noch, das Zimmer verraucht, obwohl wir auf dem Balkon waren. Oh je, sieht es hier aus. Alles total versifft. Muss morgen aufräumen. Endlich geht Sven und ich kann mich schlafen legen.

Endlich ist wieder ein Tag vorbei!

Engel brauchen keine Flügel

von vroni

Die Geschichte beginnt in einer ganz normalen Stadt in Deutschland. Ein kleiner Junge steht stumm vor einem Fenster und blickt mit Tränen in den Augen auf die ihm immer noch fremde Straße vor seinem Haus. Vor kaum einem Monat lebte derselbe Junge noch quietschfidel in einer anderen Wohnung in einer anderen Stadt.

Er hatte Freunde, die zu ihm kamen, einen Vater, der zwar selten da war, aber dafür wenigstens manchmal mit ihm spielte. Eine Mutter, die lächelnd im Suppentopf herum rührte und ihm ein Gefühl von Geborgenheit und Wärme vermittelte.

Alles das ist heute für ihn Vergangenheit.

Ein Unfall, kein bedeutender, kein spektakulärer, hatte ihm am gleichen Tag Mutter und Vater weggenommen. Nun steht er stumm in seinem kleinen Heimzimmer, weint vor Einsamkeit und Sehnsucht nach dem Verlorenen. Weihnachten, eine Zeit voller kindlicher Vorfreude und Erwartungen, ist für ihn nur ein schmerzlicher Tag voller Erinnerungen.

Da kommt überraschend die Tante vom Jugendamt durch die Tür, eine eigentlich unscheinbare kleine Frau, und bringt eine einzige Nachricht – eine frohe Botschaft in diese graue Atmosphäre.

Man hat eine Familie gefunden für ihn; nicht irgendeine; die Familie seines besten Freundes will ihn aufnehmen.

Engel brauchen keine Flügel, sie können klein und unscheinbar sein und vom Jugendamt kommen.

Zugfahrt

von rolf

7.05 Uhr. Bahnhof.
>> Bitte einsteigen. Vorsicht bei der Abfahrt. <<

Ich sitze im Schnellzug.
Frühstücke meine erste Zigarette.
Um mich herum der übliche Dreck.
Schulkinder, Kriegsinvaliden, Geschäftsfrauen,
ein paar Großgrundbesitzer und Medienmogule.
Draußen hängt die goldorangene Sonne.
Hängt noch nicht ganz in der Mitte des Himmels;
kriegt ihren müden Phallus noch nicht ganz hoch.
Armut und Schmutz ziehen an mir vorbei.
Ein Bahnwärterhäuschen, oh Guten Morgen Herr Thiel.
Dann. Plötzlich. Jetzt.
Es passiert etwas.
Ein Quietschen... klingt eher wie ein Anklopfen.
Schienen biegen sich hoch. Menschen schreien.
Langsam aber stetig dringt die eiserne Führung der Gleise
durch die mit Graffities tätowierte Außenhaut des Zuges.
Blut spritzt auf meine Zigarette.
So' ne Scheiße, kannste nich aufpassen?
Medienmogule um mich herum sterben; von Schienen erdolcht.
Geschäftsfrauen betrauern den Verlust ihres Arms – und ihrer Fingernägel.
Freunde von toten Schulkindern freuen sich über eventuelles Schulfrei und lustige psychologische Behandlung;
Kriegsinvaliden spüren Erlösung.

41

7.20 Uhr. Mannheim Hauptbahnhof.
>> Bitte Aussteigen, der Zug endet hier <<

Ich verlasse den Zug. Pfeife.
Ein ganz normaler Morgen.

Eine Parabel

von alex

Herr X., ein ganz gewöhnlicher Mann, unscheinbare Natur, höflich und korrekt, läuft auf der Straße und sieht ein Wollknäuel. Er will es gerade, wie er es in seiner Kindheit oft getan hat, wie einen Ball wegstoßen. Da erwacht das Knäuel zum Leben, bindet sich um Herrn X's Füße und fragt ihn: "Warum wolltest du mich gerade wegstoßen; habe ich dir irgend etwas getan?"

Herr X., erstaunt über die plötzliche Veränderung des Wollknäuels, antwortet: "Du warst in meinem Weg. Ich konnte ja nicht ahnen, dass du lebst und mich fesseln würdest, wenn ich dich trete."

"Du meinst, ich hätte dir im Weg gelegen? Du warst doch derjenige, der mir die Sicht verstellt hat. Und überhaupt, konntest du nicht einfach um mich herumgehen?"

"Ich sagte dir bereits, dass ich dich für ein gewöhnliches Knäuel gehalten habe, und dich deshalb wegstoßen wollte. Was ist Schlimmes daran?"

Das Wollknäuel antwortete nicht, sondern band sich vollkommen um Herrn X's Körper, verschlang ihn regel-recht und rollte dann davon.

Der Schuhkarton

von alex

Eine Haltestelle im Nirgendwo. Kein Bus, der jemals gehalten hätte, kein Mensch, der jemals das Warten aufgegeben hätte, keine Seele, die den Zusammenhang der Zusammenhänge jemals durchschaut hätte. Und doch starten sie immer wieder aussichtslose Versuche, hinter das Geheimnis zu kommen. Sie suchen, forschen, fragen? Keine Antworten.

Natürlich weiß er darüber Bescheid. Er kennt die Zusammenhänge, hat sie geschaffen und erprobt, aus–geführt.

Er lässt sie warten und fragt sich, wann sie endlich dahinterkommen, dass es gar keinen Bus nach Nirgendwo gibt und keine Antworten, keine Fragen. Warum, um alles im Nichts, stellen sie Fragen, auf die es keine Antworten gibt? Er weiß es nicht, lässt sie warten, schöpft neues Nichts. Warum er das tut, er weiß es nicht.

Auch er muss fragen und erhält keine Antworten, kennt nur die Antworten für die Bushaltestelle und ist zugleich genauso dumm und schlau wie sie.

Steht auch er an der Bushaltestelle? So genau weiß er das nicht und er hat aufgehört zu fragen. Er hat es ein–gesehen, das mit dem Fragen.

Es genügt ihm das Wissen über die Bushaltestelle und dass er die Antworten auf die Fragen der Menschen weiß.

Wie dumm sie doch sind.

Wie dumm er doch ist.

Er schließt den Schuhkarton mit der Bushaltestelle, den Menschen mit ihren Fragen, ihrem Warten auf das Leben und überlegt sich, welchen Karton er morgen wohl öffnet. Wer schaut ihm nur zu?

Leben?

von alex

Herr K. entschloss sich eines Abends, nach dem Essen spazieren zu gehen, um endlich wieder einmal nach der langen Zeit des geistigen Gefangenseins seinen Gedanken freien Lauf zu lassen. Wohin ihn sein Weg führte, interessierte ihn dabei nicht, er wollte einfach nur aus dem Gefängnis seiner Wände und der Stadt entfliehen.

Er war also aus der Wohnung getreten und hatte sich auf die Straße begeben, wo er sich sogleich seinen Weg durch die Menschenmassen bahnte, mit dem Ziel vor Augen, so bald wie möglich einen Ort zu erreichen, wo er endlich allein sein würde, allein mit sich selbst und seinen Gedanken.

Er durchschritt einen Straßenzug um den anderen, überquerte unzählige Straßen, wich der hetzenden Menge aus, und er hatte das Gefühl, sich langsam dem offenen Feld zu nähern. Er beschleunigte seinen Schritt und glaubte bereits den Duft der Freiheit zu riechen. Er schloss die Augen und ließ sich von diesem Duft leiten, und obwohl er mit geschlossenen Augen seinen Weg nur erahnen konnte, war es ihm möglich, sich ohne Hindernisse und Zwischenfälle weiterzubewegen. Er strebte mit einer ungeahnten Kraft nach der Freiheit, und er war sich sicher, dass er sie in Kürze erreicht haben würde.

Als nun auch endlich der Lärm der Stadt abgenommen hatte und er nur noch den Duft der Blumen und des

offenen Feldes wahrnehmen konnte, öffnete er die Augen.

Er stand auf dem städtischen Friedhof und rings um ihn ragten die Grabsteine empor. Als er seinen Blick umher gleiten ließ, begann er zu glauben, dass er sich auf einen Irrweg begeben hatte. Doch er senkte die Augen und erkannte, dass er vor einem frisch ausgehobenen Grabloch stand, dass ihn mit einer magischen Kraft anzog. Über dem Grab stand bereits ein Grabstein, auf dem er in goldenen Lettern seinen Namen lesen konnte.

Ohne über den Grund seiner Reise nachzudenken, ging er furchtlos auf das Grab zu. Er stieg die lehmigen Wände hinab und legte sich auf den kalten und doch vertrauten Boden. Nachdem er für sein Gefühl in der richtigen Position lag, begann der am Rand des Grabes aufgehäufte Sandhügel in das Grab hinab zu rieseln und ihn zu begraben.

Er hatte dabei weder Schmerzen noch überkam ihn das geringste Gefühl von Unbehagen oder Angst. Er verweilte in der ursprünglichen Position und seine Gedanken fingen an, in immer kleineren Kreisen zu ihrem Ursprung zurückzukehren. Mit jedem Sandkorn, dass in sein Grab rieselte, wurden seine Gedanken klarer und er begann zunehmend sein Leben zu verstehen.

Bald war das Grab vollständig gefüllt und sein Körper begann sein Leben aufzugeben. So war der Verstand schließlich das einzige, was er in seiner letzten Sekunde wahrnehmen konnte.

In dieser letzten Sekunde seines Lebens formulierte er folgende Worte, bevor er endlich erlosch: "Das Leben ist der Tod, der Tod ist das Leben. Warum hast du das nicht schon früher erkannt, du Narr!"

Wie es für die Gräber von Verstorbenen ohne Angehörige üblich war, wurde der von der Stadt beauftragte Gärtner mit der Pflege von Herr K.'s Grab betraut. Als er das erste Mal an dessen Grab herantrat und die Inschrift las, lief ihm ein eiskalter Schauer über den Rücken, und er versuchte fortan, immer besonders schnell die Pflege dieses Grabes beenden zu können.

Sie lautet: "Ich lebe."

Reboots of love

von nadja

Es war einmal in der Zukunft, als sich in einem Power Mac G4 Cube folgende Geschichte entzippte:

ROM und Pixelchen existierten bereits seit einigen Cyclen gemeinsam im System und waren glücklich miteinander, bis diverse Systemabstürze die Liebenden von Mal zu Mal mehr auseinanderbrachten.

Eines Abends lernte Pixelchen im Cyberspace exe kennen und der war wirklich toll: ausführbar, 2MB groß und speicherresistent. Pixelchen verliebte sich bis über beide Ohren in den sagenhaften exe.

ROM war sehr traurig, als Pixelchen ihm ihre Liebe zu exe gestand, und obwohl er sich wirklich bemühte, konnte er ihre Liebe nicht zurückgewinnen.

Reboots vergingen, in denen Pixelchen nur noch Augen für exe hatte. Blind vor Liebe übersah sie, wie er wirklich war: schlecht programmiert, meistens nur fehlerhaft ausführbar und häufig abstürzend. Doch das verliebte Pixelchen wollte das alles nicht wahr haben und hielt weiter an ihrer unerwiderten Liebe fest.

Doch wirklich glücklich war sie damit nicht. Exe entpuppte sich immer öfter als Bug. Ganz anders war doch die Zeit mit ROM gewesen. Pixelchen erinnerte sich immer öfter sehnsüchtig an die guten gemeinsamen Cyclen mit ihm.

Langsam wurde sie unsicher und begann an ihrer Liebe zu exe zu zweifeln. Dieser tat alles andere, als sie vom Gegenteil zu überzeugen. Durch seine fehlerhafte Programmierung verursachte er eines Tages einen totalen Systemcrash, der Pixelchen so tief verletzte, dass ihre Gefühle mit einem Mal erstarben.

Wie alle, hat auch dieses Märchen ein Happy End: ROM und Pixelchen fanden wieder zueinander und ihre Liebe war stärker als je zuvor. Exe dagegen wurde wegen mehrerer durch ihn verursachter Systemcrashs in den Papierkorb verschoben und dieser sofort entleert. ROM und Pixelchen aber erlebten noch viel gemeinsame reboots.

The End.

Anmerkung:
Zitat aus dem Vorwort des Buches: "Das Bildnis des Dorian Gray" von Oscar Wilde:
"Diejenigen, die unter die Oberfläche tauchen, tun es auf eigene Gefahr. Diejenigen, die das Symbol entziffern, tun es gleichfalls auf eigene Gefahr."

Du sahst so traurig aus

von spilo

Berlin, Bahnhof "Zoologischer Garten".

Seit langem bin ich mal wieder in Berlin. Es ist ein weiter Weg von Speyer aus in die Hauptstadt. Ich bin mit meiner kleinen Fotokamera unterwegs und fotografiere interessante und kuriose Winkel der Großstadt. Die Stadt fasziniert mich ebenso wie ich sie verabscheue. Eine Hassliebe sozusagen.

Ich bin schon lange auf Achse und am Bahnhof "Zoologischer Garten" packt mich der Hunger. Ich gehe in einen dieser Fastfoodschuppen mit dem goldenen "M". Ich "liebe" Fastfood: es ist schnell und praktisch.

Der Bahnhof ist ja bekannterweise sehr berüchtigt für Prostitution, Drogenhandel und und und. Das weiß jeder! Wenn man nur so vorbeihastet als Reisender, bekommt man davon zwar fast nichts mit; am Tage sowieso nicht, denn die "deutsche Gründlichkeit" vertuscht all diese Dinge. Jedoch wenn man sich etwas Zeit nimmt, fällt das eine oder andere schon ins Auge. Damit habe ich gerechnet, jedoch, dass es so kommt, das hätte ich nicht gedacht, obwohl ich aufgrund meiner Erfahrungen mit Streetwork schon einiges gewohnt bin.

Als ich so etwas abseits vom Trubel dasitze und meine letzten Pommes verspeise, sinke ich in Gedanken und falle in Erinnerungen. Irgendwie denke ich an Chopin: einer meiner besten Freunde spielt etwas auf dem Klavier. Wunderschön! Tagtraum!

Plötzlich stehen zwei junge Menschen vor mir, Sven und Niels (Namen geändert), wie sich später herausstellt. Sie fragen nach einer Zigarette. Ich blicke die Jungs wohl ziemlich verstört an, herausgerissen aus meinem gedanklichen "Nocturne Es–Dur, op. 9 Nr. 2".
Die müssen gedacht haben, ich sei verrückt, als ich geantwortet habe "He? Warum spielst du nicht weiter, Christoph?"

Zurück in der realen Welt, korrigierte ich meine Antwort sofort und erwiderte, dass ich leider keine Zigarette habe, da ich nicht rauche.

Niels wollte wieder abhauen, Sven hält ihn aber zurück und fragt mich besorgt, ob alles OK sei mit mir. Ich erklärte, dass ich gerade in Gedanken versunken "Chopin gehört habe". Mich verwundert es selbst, dass ich aus–gerechnet in Berlin auf Chopin gekommen bin.

"Chopin?"

Die beiden Jungs kommen mir etwas seltsam vor. Sie sind so um die 18. Niels ist ziemlich stylig unterwegs, Sven hingegen eher etwas unauffällig, bis auf seine blonden Strähnen im Haar. Ich bemerke, dass er etwas am Zittern ist. Ich frage ihn, was er habe, worauf er sich zu mir setzt und erklärt, dass ihm nur etwas kalt sei. Es ist jedoch ein warmer Tag und Sven ist nicht gerade luftig angezogen.

Niels zieht es fort und er fragt Sven, ob er nicht mit zum "Serad" oder so ähnlich kommen wolle, was er verneint. Niels zieht davon.

Ich schaue Sven verdutzt an, denn ich hätte nicht

gedacht, dass er einfach neben mir sitzen bleiben würde, wobei Niels Richtung Bahnhof an eine Litfaßsäule zu einer Gruppe Menschen läuft.

Ich fange das Gespräch erneut an und mir rutscht etwas raus, was ich eigentlich nicht so direkt sagen wollte: "Du lebst auf der Straße, nicht wahr?".

Sven sah mich mit zwei fragenden Augen an und antwortete nach langem Zögern "Ja, aber..." – "Sei unbesorgt.", beruhige ich ihn übereilt und erkläre, dass ich bereits öfter mit Straßenkindern zu tun hatte und sogar gute Freunde unter ihnen habe. Jetzt ist er noch mehr verwirrt als vorher. Ich fange an, etwas über mich zu erzählen, wer ich bin, woher ich komme und so weiter. Ich habe einen aufmerksamen Zuhörer, der viele Fragen stellt, nur als ich fertig bin, ist er wieder ganz ruhig. Ich merke, dass mein Gesprächspartner nicht nur hungrig auf meine Worte, sondern auch auf etwas zu essen ist, worauf wir nochmals zu dem goldenen "M" gehen.

Nach dieser kleinen Stärkung hat Sven endlich Vertrauen gefasst und erzählt, dass er aus einem Heim abgehauen ist, weil er es dort nicht mehr ausgehalten hatte. Seit der Scheidung seiner Eltern lief nichts mehr und der neue Macker seiner Alten hasse ihn, so Sven. Sein Vater sowieso. Er hat ihn immer im Suff geschlagen. Vor sechs Jahren ist er dann ins Heim gekommen, zwei Jahre später endgültig abgehauen, weil ihn dort auch keiner mehr haben wollte. Die Betreuer haben ihn gehasst, alle gegen ihn aufgehetzt. "Die dumme xxxx vom Jugendamt hat mich immer alleine gelassen. Es war ihr egal, was ich mache, ob ich auf der Straße bin und so, überhaupt ist denen alles egal." Jetzt lebt Sven auf der Straße und ist

alleine. Stress mit den Bullen hat er auch. Keiner will ihn haben. Nicht einmal er sich selbst.

Sven reibt sich die Augen, starrt fast nur auf den Boden, während er mir Geschichte für Geschichte an den Kopf wirft. Er hört gar nicht mehr auf. Alles ist durcheinander. Sven springt von Thema zu Thema, wie beim Fernsehabend, wenn jemand von Programm zu Programm zappt. Nur, dass das Programm heute nicht sehr heiter ist. Scheinbar hat Sven schon lange nicht mehr mit jemandem über seine Probleme gesprochen, der ihm auch richtig zugehört hat. Ich höre zu und die Zeit fliegt dahin. Es wird nun wirklich etwas kühl.

Ich begreife jetzt endlich, was Niels vorhin gemeint hat, als er sagte, er müsse für heute noch etwas klar machen. Sein Outfit und Auftreten hätten es mir eigentlich sagen müssen. Ich frage Sven, ob er und Niels auf den Strich gehen, um Geld zu verdienen.

Nun schaut er plötzlich zu mir auf, trennt seinen Blick von dem schmutzigen Asphalt. Zwei erschrockene Augen starren mich an. Mich zerreißt beinah sein stechender Blick, jedoch sehe ich Sven tapfer ins Gesicht. Plötzlich bricht er in Tränen aus und fällt mir um den Hals. Zuerst extrem unsicher, dann fester. Er zittert am ganzen Leib, was ich nun körperlich spüren kann. Ich nehme ihn auch in den Arm und halte ihn ganz fest. Die Leute schauen uns ziemlich komisch an, aber ich registriere sie nicht wirklich, das ist jetzt ganz unwichtig.

Da kommt Niels zurück und spaßt "Oh, Sven, hast du jemanden gefunden," worauf Sven schluchzend und ohne sich aus meinen Armen zu befreien antwortet, dass Niels gehen solle. Ich bitte Niels, in 20 Minuten zurück–

zukommen, was er ohne zu mucken befolgt.

Diese Situation ist mir völlig fremd und ich weiß nicht, warum ich so gehandelt habe. Der Junge hat wieder etwas Kraft gefasst, als wir uns wieder nebeneinander setzen und die Unterhaltung fortführen. Diesmal mit Blickkontakt. Sven fragt, ob ich ein Engel sei. Er hat schon lange niemanden mehr so richtig und ehrlich in den Arm genommen. Schon gar nicht habe er geflennt.

Sven erzählt mir, dass er auf den Strich gehe. "Nie darf mich jemand anfassen! Niemals!!!" bekräftigt er. "Nur ansehen und sich dabei einen runterholen!" Er kämpft mit den Tränen. Ich weiß genau, dass er sich das nur wünscht, was er da spricht. "Eigentlich ist Abziehen eine einfache Sache und es gibt viel Geld," fährt er fort. "Cool ist es auch, man trifft da die kaputtesten Typen." Ich frage ihn, ob er keine Angst hat, dass etwas passiert. Er ist alleine, es gibt Aids, Vergewaltigungen und andere Gefahren.

Sven meint, er habe alles unter Kontrolle. Doch dann kommt wieder ein Schluchzen durch und er fällt mir wieder in die Arme. Nach einiger Zeit offenbart er mir, dass er schwul sei. Er reißt sich dann plötzlich aus meinen Armen und rennt davon. Ich stehe da, wie perplex; rufe ihm noch nach, er solle zurückkommen, doch fort ist er.

Niels kommt zurück. Ich wollte gerade gehen, verarbeitete gerade mein krasses Erlebnis von eben. Er fragt, wo Sven ist, und ich erkläre ihm, was passiert war. Niels sagt, er sei gleich wieder da. Ich solle warten. Er verschwindet ebenfalls.

Nach einiger Zeit kommt Niels wieder zurück, hinterher trottete Sven, den Kopf fast auf der Erde. Niels zieht Sven zu sich und platziert ihn wieder neben mich. "Erzähle Spilo, was gestern passiert ist," sagt er. Niels ist wie verändert. Vorhin ganz cool, nun besorgt und mir gegenüber offen. Sven sagt keinen Ton. "Sag Spilo, dass du gestern...". – "Ich sag's selbst.", piept Sven ihm ins Wort. Er klingt so, als hätte man ihn bei etwas Schlimmem erwischt. Er schämt sich. "OK, ich lass' euch alleine," antwortet Niels und verschwindet erneut.

Sven offenbart mir, dass er gestern geschlagen worden ist und zeigt mir seinen Rücken. Der sieht extrem schlimm aus. Mir wird klar, dass Sven ärztliche Hilfe braucht. Ein kalter Schauer überfällt mich. Der Junge ist auf das Übelste vergewaltigt und missbraucht worden. Mir wird fast übel. Diese Schweine!!! Blanker Hass kommt in mir auf. Was sind das für Tiere! Perverse Arschlöcher! (*Sorry, liebe Leser!*)

Sven fragt mich, ob er mir immer noch etwas bedeute. Er sei doch der letzte Dreck, schwul, ohne Zuhause. Steif sitzt er da und starrt mich an. Ich blicke fragend zurück, begreife die Fragen nicht. Ich muss erst die Dinge sortieren. Als ich endlich raffe, was los ist, versuche ich ihm zu erklären, dass er ein Mensch mit einer Seele sei und dass dies Grund genug ist, jemanden zu lieben. Ich finde keine Worte, zumindest keine passenden. Stottere nur rum. Sven beruhigt und entspannt sich gottlob wieder etwas. Ich muss ziemlich mit mir kämpfen, um überhaupt noch etwas sagen zu können. Ich bin total ratlos! Ein Gefühl der Ohnmacht überfällt mich. Solche Situationen sind mir total fremd, ich sehe immer einen Weg, normalerweise. Diesmal nicht!

Endlich schaffe ich es, Sven wieder zu umarmen. Wir sitzen da wie zwei Denkmäler aus Bronze.
Bewegungslos, leblos, gelähmt.

Irgendwann kehren meine Sinne zurück: Ich kenne in Berlin einige Leute, die sich um Straßenkinder kümmern. Sven kennt zwar die verschiedenen Organisationen auch, jedoch hatte er nie so den direkten Draht zu den Streetworkern finden können. Als Niels wieder zurück kommt, beschließen wir, einen dieser Streetworker aufzusuchen.

Heute, einige Zeit später, geht es Sven wieder besser. Er hat wieder etwas Lebensmut gefunden. Die Wunden am Rücken sind großenteils verheilt, so sagt er. Die Wunden an der Seele beginnen wohl erst, sich allmählich zu schließen. Niels und die Organisation helfen dabei. Auf den Strich geht nun nur noch Niels.

Als ich Sven vor kurzem am Telefon hatte, fragte ich ihn, warum er mich damals angesprochen und gefragt hatte, ob alles OK mit mir sei, da antwortete er: "Du sahst so traurig aus."

Mysteriöses Treffen

von spilo

Eine wahre Geschichte von einem ungewollten Treffen
mit überraschendem Ausgang.

Es ist eine halbe Stunde nach 20 Uhr. Sommer in der
Großstadt. Ich sitze hier und beobachte die Leute, die auf
dem großen Platz hin und her laufen. Paare schlendern
vorbei, Machos machen die Mädels an. Auf der Bank sitzt
ein Penner, neben ihm sein Bier. Ein paar Jugendliche
machen Quatsch.

Ich warte auf meinen Freund, – nein –, eigentlich ist es
nicht mein Freund, zumindest damals noch nicht. Ich
treffe mich mit ihm, da ich einem Kumpel von mir
versprochen habe, etwas mit diesem Menschen zu
bereden. Etwas Wichtiges.

Ich beschließe, wieder zu gehen, denke, er kommt
sowieso nicht. Ich ärgere mich über mich, da ich meine
Zeit besser nutzen kann, als hier rumzusitzen. Da kommt
der Kerl angeflitzt. Er ist total aus der Puste, erklärt mir,
er habe keinen Parkplatz gefunden. Typisch C. B.

Ich freue mich, dass er doch gekommen ist. Irgendwie
merke ich, dass er mir etwas zu bedeuten scheint, als er
da so vor mir steht und grinst. Ich frage mich, warum.
Ich kenne ihn doch nur sehr wenig. Obwohl, eine krasse
Erfahrung habe ich mit ihm gemacht, habe mal erlebt,
wie dieser Mensch total am Ende war.

Na ja, auf jeden Fall liegt mir etwas an ihm, das wird mir

gerade bewusst.

Wir gehen in eine Kneipe und fangen an zu erzählen. Schnell finden wir einen Draht zueinander, erzählen und erzählen. Die Atmosphäre ist so, als würden wir uns schon Jahre kennen. Dann passiert etwas Merkwürdiges:

Ich sehe den Jungen plötzlich aus einer ganz anderen Perspektive, merke, dass es eine Verbindung gibt, die ich mir nicht erklären kann. Bei meinen engsten Freunden kenne ich das. Ich kann "in sie hineinsehen" und wir bewegen uns auf einer Ebene, die über dem liegt, was man normalerweise kennt.

Der Junge sitzt da, die Hände mit den Ballen gegen die Augen gepresst. Er erzählt mir extreme Dinge aus seinem Leben. Echt krasse Sachen. Seine Stimme wechselt zwischen Schluchzen und Lachen, leise und laut. Dann verschwindet er fast unter dem Tisch. Scheinbar will er der Welt entkommen, mit allen Problemen.

Es entsteht der paradoxeste Dialog, den ich je geführt habe. Mich reißt diese Situation mit, wir sind wie in Trance.

Erst sehr spät normalisiert sich die Situation wieder. Mir wird klar, dass ich den Jungen binnen vielleicht 90 Minuten extrem kennen gelernt habe. 90 Minuten, die mir vorkamen wie Jahre.

Irgendwie war es ein Dialog zwischen Geist und Geist. Das mir entgegen gebrachte Vertrauen war so groß, wie ich es noch niemals erlebt hatte, zumindest bei einem Menschen, den ich vorher kaum gekannt hatte.

Nun ist bereits einige Zeit vergangen; mehrere Jahre vielleicht. Ich habe den Jungen danach nur noch sehr selten gesehen, vielleicht dreimal – leider! Jedoch passierte es in der Zwischenzeit immer wieder, dass er mich im Geiste besucht hat. Kleine Dinge führten meine Gedanken immer wieder zu ihm. Ich sehe ihn in den unterschiedlichsten Situationen. Das geht soweit, dass ich "Déjà–vus" mit ihm habe.

Irgendwie gibt mir das zu denken, zumal diese Situationen sehr real sind, oft auch beängstigend, da sie mit sehr belastenden Problemen zu tun haben. Andererseits empfinde ich diese Zustände jedoch auch vertraut und sehr angenehm.

Als ich den Jungen kürzlich mal wieder sah und wir uns unterhalten haben, fühlte ich, dass auch er mich nicht vergessen hat und die Vertrautheit zwischen uns immer noch so stark ist, wie an jenem Tage. Leider habe ich mich nicht getraut, ihm zu erzählen, was ich regelmäßig mit ihm erlebe.

Neulich im Döner

von mohan

Im Döner trifft man immer wieder auf recht interessante Menschen, es ist fast wie ein Dönerkino. Und von einem solchen Besuch will ich berichten, der mich in meine eigene Vergangenheit zurück brachte und ein Klischee widerlegte.

Nach getaner Arbeit verlangte der Magen nach Arbeit. Also nichts wie rüber zum Döner und das Problem abgestellt. Es ist doch ganz gut, die Einrichtung eines Döners. Hier wird man stets freundlich bedient, sie gehören einfach dazu zum täglichen Überleben. Der ganze Laden hatte immer noch die Einrichtung der Metzgerei, die früher einmal hier drin war.

Nun bestellten wir (ja, ich war da nicht alleine hungrig, Spilo begleitete mich oder auch umgekehrt) unseren Döner und etwas zum Trinken. Als sie gerade in der Mache waren, kam eine Gruppe junger Punks in den Laden rein. Aber nur einer hatte einen Iro, die anderen waren eher so "typisch links" oder "zeckenmäßig" angezogen.

Das Ganze erinnerte mich irgendwie an meine Zeit als Punk und ich kam ins Nachdenken. Ich ließ einige Erlebnisse noch einmal Revue passieren, zahlreiche Konzerte, einige Parties. Eigentlich war ich aber kein typischer Punk, jedenfalls nicht äußerlich, ich hatte keinen Iro oder sonstige typische Punksachen an. Uniformiert sein lehnte ich schon immer ab. Der Punk spielt auch heute noch eine wichtige Rolle für mich, ich ziehe immer noch mein Ding durch. Nur bin ich nicht mehr ganz so radikal wie früher.

Jetzt kam ich wieder in die Realität zurück, etwas aus dieser Zeit hatte ich an diesem Abend an. Unter meinem Hemd trug ich ein Toxoplasma T–Shirt mit Donald Duck als Punker mit Iro und Lederklamotten. Für alle Nichtpunks: Toxoplasma sind eine deutsche Band der ersten Stunde (1981 gegründet mit Pause dazwischen), Hörproben könnt ihr auf der scram! Seite unter der Rubrik Musik herunterladen.

Wie bin ich überhaupt darauf gekommen, ach ja, die Punks im Döner. Sie waren wohl schon gut drauf und strömten zielstrebig auf die Biervorräte zu. Fast alle nahmen einen Sixpack und da passierte es, es fielen einige Flaschen aus einem Sixpack zu Boden, als einer der Jugendlichen eine Flasche rausnehmen wollte. Eine zerbrach und das Bier und die Scherben ergossen sich auf dem Boden.

Doch was jetzt passierte, passte nicht so recht in das Bild des rücksichtslosen Bürgerschrecks und Schmarotzers, das viele, besonders konservative Menschen und sogenannte "anständige Bürger" von Punks haben. Sie gingen nicht einfach aus dem Laden und ließen den Besitzer die Sauerei aufwischen, nein, sie wollten sie selbst wegmachen. Ja, da wird so mancher staunen, die haben ja richtig gute Manieren. Es sind eben nicht alle Punks "asoziale Elemente". Der Besitzer dankte den Jungs und Mädels für ihren guten Willen, wischte aber selbst auf.

Die Punks gingen, nachdem sie gezahlt haben, raus und wollten noch nach Nazis suchen und sie vielleicht aufmischen. Da wurden in mir schon wieder Erinnerungen wach. So war ich auch mal: "schlagt die Faschisten, wo ihr sie trefft." Nur – mit Gewalt kriegt man dieses Nazigeschwür nicht weg, das Ganze sitzt viel zu tief in unserer Gesellschaft. Dies ist mir mittlerweile bewusst geworden. Der Kampf gegen Nazis ist geblieben, nur die Ausdrucksformen sind nicht mehr so radikal wie früher. Denn mit Gewalt kriegen wir das Problem nicht gelöst. Jetzt bin ich schon wieder in Gedanken abgeschweift. So ein Besuch im Döner kann doch ganz schön zum Philosophieren anregen.

Jetzt wieder zurück zur Realität und zum eigentlichen Zweck unseres Besuchs im Döner, endlich kamen die Döner. Wir unterhielten uns noch kurz über das Gewesene so wie verschiedene andere Dinge. Spilo und ich liegen da auf einer Wellenlänge, so gibt es immer was zu erzählen. Aber auch das Schönste hat einmal ein Ende und wir gingen wieder zurück ins media lab.

Das hätte ich nie gedacht

von mohan

Eine Kurzgeschichte zum Thema Gewalt.

Vorbemerkung:
Die Personen in der Geschichte sind frei erfunden, aber Geschichten wie diese geschehen jeden Tag. Solltet ihr euch gerade schlecht fühlen, dann rate ich davon ab, die Story zu lesen, sie wird bei euch Spuren hinterlassen.

Wenn ihr nach dem Lesen am liebsten Michael oder Daniel auch helfen wollt, dann habt ihr was verstanden. Solltet ihr also in eurer Umgebung so etwas irgendwie mitbekommen, schaut nicht weg, sondern steht dem Betroffenen zur Seite.

"Wo bin ich hier? Wie komme ich hierher? Was war passiert?" Gedanken gingen mir durch den Kopf, als ich aufwachte. Die Schulter tat noch weh, ebenso der Rücken, ich glaube, auch mein Gesicht bot nicht gerade einen einladenden Anblick. Jetzt waren sie wieder da, die Ereignisse, ich wollte sie eigentlich verdrängen, ging aber nicht. Mein Vater war mal wieder betrunken und dann gings wieder los, er griff meinen Bruder an. Doch gestern war es anders, ich ging dazwischen, als er ihn schlagen wollte. Doch dies war ein Fehler, mein Vater wurde ziemlich wütend und schlug heftig auf mich ein, zuerst das Gesicht, dann der Oberkörper. Irgendwann muss ich dann ohnmächtig geworden sein.

Ich denke, ich sollte mich mal vorstellen, mein Name ist

Markus, ich bin 16 und habe einen 14 jährigen Bruder Michael. Wir waren eine gut bürgerliche Familie, jedenfalls bis Vater anfing zu trinken. Es kam immer häufiger vor und er fing an, meinen Bruder zu schlagen. Ab und zu musste ich auch dran glauben. Meine Mutter stand meist hilflos daneben, sie konnte nicht eingreifen. Mein Bruder zog sich immer mehr zurück, er schien jede Lebenslust zu verlieren. Noch konnte ich sein Verhalten allerdings nicht richtig einordnen.

"Hi!"
"Mmh?", war meine Reaktion, erst jetzt merkte ich, dass ich nicht allein im Zimmer war, neben mir lag ein etwa gleichaltriger Junge. Er war ziemlich übel zugerichtet, sein Gesicht war voller Wunden, irgendwie fehlte wohl auch ein Zahn. "Hi", antwortete ich, "ich bin Markus, dich haben sie ja übel zugerichtet." "Das kann man wohl sagen.", antwortete der Junge, "Andenken von meinem Vater. Übrigens ich heiße Daniel und bin 16. Aber du siehst auch nicht gerade gesund aus, was ist bei dir passiert?" "Auch mein Vater, ich bin auch 16.", dann erzählte ich ihm die ganze Geschichte, ich konnte ihm einfach nichts verschweigen, er hatte so etwas an sich, dass ich ihm vertrauen konnte. Immerhin waren wir ja Leidensgenossen, das verbindet irgendwie.

"Daniel?"
"Ja."
"Wie ist das eigentlich bei dir gewesen? Du brauchst nicht zu antworten, wenn du nicht willst."
"Nein ich bin ja froh, dass ich jemand zum reden habe. Das Ganze ist eine längere Geschichte. Vor einem Jahr wurde mir klar, dass ich auf Jungs stehe. Da ich nicht wusste, wie meine Eltern damit zurecht kommen würden, habe ich ihnen nichts davon erzählt. Bis vor

zwei Wochen ging das gut, nun lernte ich in einer schwulen Jugendgruppe einen süßen Jungen kennen, Alex. Ich habe mich sofort in ihn verliebt. Das war für mich der Grund, das Versteckspiel zu beenden. Ich wollte meinen Freund nicht verstecken. Ich outete mich bei einigen Freunden und Freundinnen, alle nahmen es gut auf, sie stehen weiter zu mir. Gut, in der Schule gab es schon einige Idioten, die mit Schwulen ihre Probleme haben und dumme Sprüche rissen. Ewig Gestrige wirds wohl immer geben, daran musst du dich halt gewöhnen. Aber im Großen und Ganzen gings gut. So gestärkt wollte ich es endlich auch meinen Eltern erzählen. Vor zwei Tagen war es soweit, ich teilte meinen Eltern mit, dass ich schwul bin. Was dann kam, damit habe ich in meinen schlimmsten Alpträumen nicht gerechnet. Dass es Probleme geben kann, ja, aber so was. Ich war fassungslos. Mein Vater rastete völlig aus, zuerst nur Worte, so 'ne schwule Sau hat hier nichts zu suchen, Homos gehören doch alle vergast, ich wäre ja krank. Dann ging er auf mich los und prügelte mich fast tot. Das Ergebnis siehst du jetzt vor dir. So, jetzt weißt du also Bescheid."

Ich hörte Daniel aufmerksam zu, bei dem Stichwort "schwul" zuckte ich etwas zusammen und dann noch einmal bei der Reaktion seines Vaters. Hier muss ich noch etwas ergänzen, ich bin auch schwul, nur habe ich mich noch nicht geoutet. Die Geschichte mit Daniel machte mir auch nicht gerade Mut, das zu ändern. Was mag mein Vater mit mir anstellen, wenn er das erfährt? Ich wollte mir das gar nicht vorstellen.

"Du Daniel."
"Ja Markus."
"Wie geht das bei dir weiter?"

"Ich werde Anzeige gegen meinen Vater erstatten, der Vater eines Mitglieds unserer Jugendgruppe hat da Beziehungen zu einem guten Anwalt, Herrn Weber. Ich werde die nächsten Wochen bei meinem Freund wohnen, nach Hause will ich auf keinen Fall mehr. Nicht solange mein Vater noch frei rumläuft. Herr Weber hat auch erreicht, dass meinem Vater das Sorgerecht entzogen wird, er scheint da wohl einen guten Draht zum Jugendamt zu haben. Und dann mal sehen, wie es weitergeht. Und was machst du und Michi?"

"Keine Ahnung, nach Hause will ich eigentlich auch nicht mehr. Wer weiß, was mein Vater mit mir anstellt, wenn ich hier wieder raus bin." Ich dachte kurz nach, doch dann redete ich weiter, "Darf ich dir was ganz Persönliches anvertrauen? Versprich mir, dass es unter uns bleibt." Ich hatte irgendwie das Verlangen, Daniel zu sagen, dass ich auch schwul war, fragt mich nicht, warum. Ich wollte es ihm einfach sagen, weil ich ihm irgendwie vertraute.

"Mir kannst du alles sagen, es bleibt unter uns."
"Daniel, ich bin auch schwul und du bist der erste, dem ich das erzähle."
"Wirklich, das ist ja toll und ich bin der erste, der das erfährt. Komm doch mal in unserer Jugendgruppe vorbei. Dort findest du noch viele andere Jungs, sind eigentlich alle nett. Und wir halten zusammen, wenn jemand in Schwierigkeiten ist." Die Gruppe könnte meine Rettung werden. "Daniel, du hast was von einem Anwalt erzählt. Meinst du, dass er auch für mich und meinen Bruder etwas tun kann? Ich denke, ich bin dies Michi schuldig. Er macht auf mich in der letzten Zeit einen niedergeschlagenen Eindruck. Das Ganze muss ihn doch sehr mitgenommen haben."

"Ich denke schon, Markus, dass Herr Weber dir hilft, da bin ich mir sicher. Er hat auch einigen aus unserer Jugendgruppe schon geholfen und da waren schon schlimme Dinge dabei. Wo ist Michi eigentlich?"

"Keine Ahnung, ich habe gestern nicht mehr viel mitbekommen. Aber ich denke, das werde ich noch erfahren. Vielleicht hat er ja auch Glück gehabt und Vater hatte genug vom Prügeln, als er mit mir fertig war."

Wir unterhielten uns noch über andere Dinge, ich fand Daniel irgendwie sympathisch, er hatte so eine offene Art an sich. Auch der Gedanke an die Gruppe und einen Anwalt, der uns vielleicht helfen könnte, waren beruhigend für mich. Ich wollte meinen Vater nicht länger ungeschoren davon kommen lassen. Nicht bei dem, was er mir und meinem Bruder angetan hat. Er muss endlich dafür bezahlen, da war ich mir sicher. Daniel und ich wurden nach zwei Wochen aus dem Krankenhaus entlassen, wir waren gute Freunde geworden. Er war immer da, wenn es mir mal nicht so gut ging und die Erinnerungen an die Schläge vom Vater wieder in mir hoch kamen. Auch ich musste ihn manchmal trösten.

Michael hatte diesmal wirklich Glück gehabt, Vater hatte ihn nicht so heftig geschlagen. Ich erfuhr, dass er einige Tage nach meiner Einlieferung ins Krankenhaus zu unserem Onkel Peter, dem Bruder meiner Mutter, kam. Dort war er sicher. Mein Vater hatte nicht gerade das beste Verhältnis zu Onkel Peter. Deswegen würde er nie dessen Haus betreten. Ich weiß zwar nicht, wer das Ganze angestoßen hatte, aber ich komme noch dahinter. Ich war aber froh und so musste auch ich nach unserer Entlassung nicht mehr meinem Vater über den Weg laufen. Das mit Onkel Peter war somit vorübergehend die beste Lösung. Daniel kam bei seinem Freund Alex unter, von dem er mir noch einiges erzählt hatte.

Ich klingelte und freudestrahlend öffnete Michael die Tür "Hi Markus, schön, dass du endlich da bist, ich habe dich vermisst" – "Ich dich auch." Wir umarmten uns lange und innig, dann ging ich ins Haus. Ich begrüßte meinen Onkel Peter und seine Frau Paula. Wir gingen ins Wohnzimmer und unterhielten uns kurz über meinen Krankenhausaufenthalt und Daniel. Das Schwulsein klammerte ich aber aus, es gab jetzt wichtigere Dinge.

Onkel Peter und Tante Paula waren entsetzt darüber, was sie so zu hören bekamen. Ihnen war zwar eine Veränderung bei Michael aufgefallen, sie dachten aber, dass dies mit der Pubertät zusammenhängt. "Markus, Michael, was immer alles passiert, wir werden euch helfen."
"Danke Onkel Peter, danke Tante Paula", antwortete ich. "Ihr habt Michi schon geholfen, er ist hier sicher von unserem Vater. Jetzt will ich mich aber erst einmal ausruhen." Ich ging auf mein Zimmer und legte mich erstmal hin, irgendwie war ich doch ziemlich fertig von dem Krankenhausaufenthalt und schlief ein. "Hey du alte Schlafmütze, endlich wieder wach?" Langsam kam ich zu mir, mein kleiner Bruder stand vor mir und lachte mich an, er schien sich gefangen zu haben. Wir gingen erst einmal essen, Tante Paula hatte wie immer spitzenmäßig gekocht. Wir redeten über alle möglichen Dinge, klammerten aber die Ereignisse der letzten Tage aus.

Nach dem Essen ging ich zu Michael auf sein Zimmer, ich wollte mit ihm über das reden, was ich mit Daniel besprochen habe von wegen Anwalt und Vater in den Knast bringen. Als ich die Tür öffnete, war ich etwas

verwundert, mein kleiner Bruder saß wie ein Häufchen Elend auf seinem Bett. Er hatte das Ganze doch nicht verarbeitet. Ehrlich gesagt, das hätte mich auch gewundert, bei dem, was er alles durchgemacht hatte. Aber irgendwas machte mich doch stutzig, er hatte wohl geweint, seine Augen waren gerötet und ich glaubte ein Schluchzen zu hören.

Ich ging zu ihm und wollte ihn trösten und legte meinen Arm von hinten auf seine Schulter. Jetzt rastete er aus und schob mich schroff beiseite. "Lass mich in Ruhe!" schrie er mich an, bevor er wieder in Tränen ausbrach. Ich war perplex, so etwas hatte ich bei ihm noch nie erlebt. Wir kamen sehr gut miteinander aus und ich tröstete ihn des öfteren, wenn er wieder geschlagen wurde. Dabei nahm ich ihn auch schon mal in die Arme. Daher war ich jetzt doch verwundert von seiner abweisenden Reaktion.

Ich ließ nicht locker und wollte wissen, was los war. "Markus", schluchzte er, "du wirst mir das Ganze eh nicht glauben." – "Wer, wenn nicht ich, sollte dir glauben? Du kannst mit mir doch über alles reden." Irgendwie wurde ich noch nicht schlau aus ihm, er wirkte abwehrend. Doch ich spürte, dass etwas in meinem Bruder brodelte und er es nicht mehr lange aushalten wird. "Du willst mir helfen?", fragte er mich, mittlerweile hatte er sich wieder etwas gefangen. Er zog sein T–Shirt aus, sein Rücken war voller blauer Flecken und Striemen, aber das hatte ich schon öfter an ihm gesehen, wenn Vater mal wieder zugeschlagen hatte. Trotzdem wurde mir bei dem Anblick schlecht und ich spürte wieder die Wut auf meinen Vater, der das angerichtet hatte. Er wird dafür bezahlen, aber jetzt musste ich erstmal Michael helfen, ich hatte irgendwie das Gefühl, noch nicht die volle

Wahrheit zu kennen. Mir kam ein fürchterlicher Ver-
dacht.

Als er begann, seine Shorts auszuziehen, da wusste ich,
ich hatte Recht. "Du kannst die Shorts anlassen, Michi. Ist
es das, was ich befürchte?" Er nickte nur stumm und
brach dann wieder in Tränen aus. Auf einmal war alles
wieder da, die Angst, wenn er nachts alleine war und
unser Vater zu ihm kam.
"Du musst nicht reden, wenn du nicht willst, Michi."
"Ich will aber, wann, wenn nicht jetzt." Die Tränen
wurden weniger und er erzählte unterbrochen von
Schluchzen, was unser Vater mit ihm angestellt hatte.
"Wenn er betrunken war, stürmte er ins Zimmer und
schlug mich. Dann musste ich mich ausziehen, er tat das
gleiche und dann näherte er sich mir..." Wieder brach er
in Tränen aus, ich nahm in in den Arm und beruhigte
ihn. "Es ist vorbei, niemand wird dir hier etwas antun."

Jetzt begriff ich so langsam, warum mein Bruder in
letzter Zeit so niedergeschlagen wirkte. In mir wuchs die
Wut auf meinen Vater noch weiter, er hatte meinen
Bruder nicht nur geschlagen, sondern er hat ihn auch
noch missbraucht, dieses Schwein. Ja er wird dafür
bezahlen, ungeschoren kommt er nicht davon. "Michi,
wir stehen das zusammen durch. Ich verspreche dir zu
helfen, so gut es geht. Wir schaffen das schon." Er war
erleichtert und fiel mir wieder um den Hals, "Danke,
Markus, dass du da bist. Ich weiß nicht, was ich sonst tun
würde."

Ich erzählte ihm von Daniel und von dem Anwalt, der
uns weiter helfen könne. Ich sah, wie etwas Leben in sein
Gesicht kam, er lächelte wieder. Aber bis er über ganze
Sache hinweg sein würde, da steckte wohl noch ein gutes

Stück Arbeit drin. Ohne eine Therapie ist da wohl nichts zu machen. Aber ich war für ihn auch eine wichtige Stütze, er brauchte seinen Bruder jetzt mehr denn je. Obwohl ich selbst noch ziemlich mitgenommen war, spürte ich, dass es jemanden gab, der meine Hilfe jetzt besonders nötig hatte.

Ich rief Daniel an und erzählte ihm, was mein Vater mit Michael angerichtet hatte. Er war entsetzt, dass sich jemand überhaupt an Kindern vergehen kann und dann noch am eigenen. Jetzt konnte er so langsam meine Wut auf meinen Vater begreifen. Er versprach, uns beizustehen und sich um die Sache mit dem Anwalt zu kümmern. Herr Weber schien wohl auch schon die Sache mit der Unterbringung bei Onkel Peter und Tante Paula bewirkt zu haben, auch das Sorgerecht war Vater bereits entzogen worden. Jetzt wurde mir klar, was Daniel damit meinte, dass die Jungs aus der Gruppe zusammenhalten. Dies scheint dann wohl auch deren Bekannte mit einzuschließen.

Die folgenden Ereignisse will ich jetzt noch kurz zusammenfassen. Daniel organisierte das mit Herrn Weber. Wir erzählten Onkel Peter und Tante Paula die Sache mit dem Missbrauch, sie waren schockiert und sicherten uns nochmal jede erdenkliche Hilfe zu. "Ihr könnt die nächste Zeit bei uns bleiben. Das mit meiner Schwester, äh, eurer Mutter regle ich. Es wird sicher nicht einfach. Trotzdem wird sie einsehen müssen, was ihr Mann da dir, Michael, angetan hat."
"Ich hoffe, sie wird damit klarkommen." unterbrach ihn Tante Paula, "Zunächst sollten wir uns um Michael kümmern. Er muss zum Arzt. Wir brauchen einen ärztlichen Befund, um was gegen euren Vater in der Hand zu haben."

Unser Vater wurde schließlich wegen Missbrauchs und Schlagen von Schutzbefohlenen verurteilt und wanderte ins Gefängnis. Wir kamen irgendwann wieder zu unserer Mutter, sie hatte begriffen, was ihr Mann mit Michael getan hatte. Sie stand voll hinter uns und unser Verhältnis wurde noch viel inniger. Michael kam in eine Therapie und fing an, das Ganze zu verarbeiten. Ich ging in die schwule Jugendgruppe und lernte noch mehr nette Jungs kennen und einen lieben Freund, Tobi. Der Rückhalt in der Gruppe und von ihm war für mich wichtig, damit ich das mit Michael überstehen konnte. Auch bei meinem Coming Out standen sie mir zur Seite. Ich denke, mein Bruder wäre ohne meine Unterstützung nicht so leicht über die Sache hinweg gekommen.

Schlagen und geschlagen werden

von ümit

Warum schlagen wir einen anderen, warum können Blicke so provozieren? Ich weiß es nicht, aber ich bin sehr schnell auf 180 zu bringen. Ich weiß nicht, ob ich der einzige bin, der so fühlt, wenn die Blicke sich kreuzen und wenn man anfängt, sich zu mustern. Wenn man sein Herz hören kann, wie es pocht, und wenn man das Blut in den Armen fühlt, dann, wenn diese beginnen, zu zittern und zu beben.

Man geht sich eine Weile aus dem Weg ohne sich kreuzen, aber behält das Ziel im Auge, bis der andere einen Fehler macht, einen Grund gibt – egal was – wenn man sich näher kommt.

Wenn Kumpels die Situationen kommentieren und dadurch alles schlimmer machen, weil sie die Spannung fühlen. Wenn das geschieht, ist schon der Moment da – man vergisst alles drumrum, man geht langsam aufeinander zu, ohne den Blicken auszuweichen, so dass man keine Schwäche zeigt. Man kriegt Angst im Hinterkopf.

"Du musst den ersten Schlag machen."
Immer und immer wieder die Stimme:
"Du musst den ersten Schlag machen."

Dann passiert es: Er macht den ersten Schlag, doch da ist kein Schmerz. Man sieht nur einen Funken und noch einen. Man will die Augen schließen, doch dann hätte man den Kampf verloren, man schlägt zu und nochmal

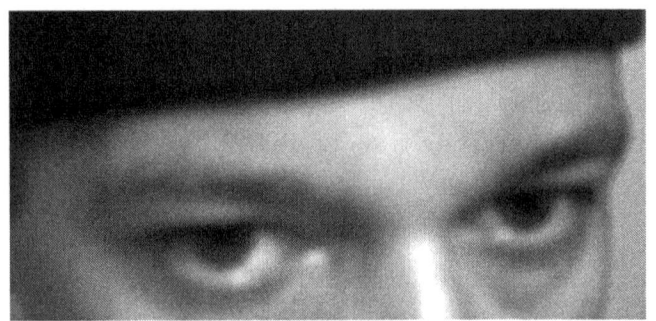

und nochmal. Es folgen mehrere Schläge von ihm und von mir. Man sieht Funken, wenn die Fäuste kollidieren und man hört jeden Knochen, der bricht, egal wie leise der Bruch war. Nein, man fühlt sogar, dass es weich wird, und will die gleiche Stelle wieder treffen, um es nochmal zu fühlen. Man selber fühlt gar nix, nur Wut – der Schmerz ist nicht da, obwohl man ihn vermisst. Man wird hoffentlich auseinander gezogen, und da läuft das Blut.

Der erste kommt und die anderen folgen. Man weiß, jetzt ist es soweit: man muss noch ein paar Schläge nach–setzen, dass klar ist, wer der Gewinner ist.

Man streicht sich über das Gesicht und sieht die Hand voller Blut. Jetzt kommt der Schmerz, den man die ganze Zeit vermisst hat. Alles tut weh, man sucht einen Spiegel und sieht sich verunstaltet. Man wäscht sich das ab. Das Wasser brennt auf der Haut. Die Knochen schmerzen, aber man ignoriert das. Man erhebt sein Haupt. Von dem schmerzenden Wasser trocknet man sich ab, was dann noch mehr brennt, und legt sich ins Bett mit dem Gedanken: "ich war der Sieger."

Der Schlaf ist lang und intensiv, doch man weiß nicht, was man geträumt hat.

Warum wird man als so fortschrittlicher Mensch von solch primitiven Gefühlen gesteuert?

Warum macht das Spaß, solche Gefühle zu empfinden?

Ein modernes Märchen

von volker

Ein junger Prinz beschließt, Abenteuer zu suchen und einen Drachen zu töten. Er kauft sich ein Schwert und eine Rüstung und macht sich auf den Weg. In der Höhle des Drachen angekommen, sieht er sich gerade um, als er plötzlich etwas auf seiner Schulter spürt. Er dreht sich herum und vor ihm steht ein riesiger Drache, der einen Finger auf seine Schulter gelegt hat. Der Drache fragt den Prinzen: "Hallo! Was machst denn du hier?"
Prinz: "Äh – häm – also ...."
Drache: "Immer das gleiche mit den jungen Rittern. Gib's zu, du wolltest mich töten!"
"Naja – also – ja ..."
"Hör zu, das ist nicht das erste Mal. Die dummen Jünglinge kommen an und meinen, wir Drachen wären so doof, dass man uns einfach so abmurksen kann. Ich mache dir einen Vorschlag: wenn du versprichst, Weisheit zu suchen, lasse ich dich am Leben. Du hast von jetzt an ein Jahr Zeit, mir eine Frage zu beantworten. Wenn mich die Antwort zufrieden stellt, bekommst du die Hälfte meines Drachenschatzes, ansonsten fresse ich dich auf."
"Hm – bleibt mir ja wohl nichts anderes übrig ..."
"Genau. Ach ja, und komm nicht auf die Idee, abzuhauen und nie wieder zu kommen – ich finde dich!"
"Na gut – und wie lautet die Frage?"
"Die Frage lautet: Was ist Frauen wirklich wichtig?"

Daheim angekommen, befragte der Prinz jede Frau im Schloss, was ihr wichtig sei, von der Königin bis zur einfachsten Magd. Er bekam viele Antworten wie

"Schönheit", "Reichtum", "Macht", "Einen lieben Mann ..."
Aber zu jeder Antwort gab es auch viele Frauen, die das
für völlig falsch hielten. Er war schon am Verzweifeln,
bis ihm jemand den Vorschlag machte, die alte weise
Hexe im Sumpf zu befragen, die einige Tagesreisen weit
weg wohnte.

Als er bei der Hexe ankam, schilderte er ihr sein Problem.
Diese meinte, die Antwort zu kennen. Sie würde sie ihm
sagen; aber nur um den Preis, dass er sie heiraten würde.
Da bekam der Prinz einen Riesenschreck, denn die Hexe
war die hässlichste Frau, die er jemals gesehen hatte: ein
Buckel, die Beine unterschiedlich lang, eine große Warze
auf der Nase; sie roch fürchterlich, und ihre Stimme war
ein ekelhaftes Gekrächze.

Nach einiger Zeit beschloss er jedoch, dass dies
gegenüber dem Drachen das geringere Übel sei und
versprach, die Hexe zu heiraten, wenn der Drache die
Antwort akzeptieren würde. Daraufhin gab sie ihm ihre
Antwort:
"Was sich jede Frau wünscht ist, über die Dinge, die sie
persönlich betreffen, selbst bestimmen zu können."

Der Drache akzeptierte die Antwort und überließ dem
Prinzen einen Teil seines Schatzes. Fröhlich ritt der Prinz
nach Hause, bis er wieder an die alte Hexe dachte. Da er
jedoch ein Prinz war, blieb ihm nichts übrig, als sein
Versprechen einzuhalten, und die Hochzeit wurde
angesetzt. Das war ein trauriges Fest!!!

Die Hexe sah nicht nur furchtbar aus und stank, – sie
hatte auch die schlechtesten Manieren, rülpste, furzte
und beleidigte die Gäste. Die einen bemitleideten den
Prinzen, die anderen machten sich über ihn lustig, aber

jeder fand schnell eine Entschuldigung, sich verabschieden zu müssen, so dass am frühen Abend die Feier zu Ende war.

Danach verabschiedete sich die Braut ins Schlafzimmer, nicht ohne dem Prinzen mitzuteilen, dass sie sich auf das, was jetzt kommen sollte, besonders freuen würde. Der arme Prinz überlegte sehr, ob der Drache nicht doch das kleinere Übel gewesen wäre.

Wie staunte er jedoch, als er das Schlafzimmer betrat und die schönste Frau im Bett lag, die er jemals gesehen hatte! Diese duftete angenehm, hatte eine schöne Stimme und erklärte ihm, dass sie sehr wohl die Hexe sei, aber als Hexe auch die Fähigkeit hätte, ihr Aussehen zu verändern, und dass sie beschlossen hätte, ihn für das gehaltene Versprechen zu belohnen.

Sie wäre zukünftig am Tag die alte Hexe und in der Nacht die junge schöne Frau – oder auch genau andersherum, am Tag schön und in der Nacht die Hexe. Der Prinz könne sich heraussuchen, was ihm lieber wäre.

Der Prinz überlegte lange, was besser wäre – tagsüber eine schöne Frau, um die ihn alle beneiden würden, aber schreckliche Nächte, oder tagsüber das Gespött eines jeden zu sein und dafür die Nächte genießen zu können. Wie hat er sich wohl entschieden?

Nicht weiterlesen! Überlege zuerst: Was wäre deine Wahl gewesen?

Der Prinz erinnerte sich an die Frage des Drachen und antwortete schließlich, dass sie dies selbst bestimmen solle. Daraufhin freute sich die Hexe und meinte, dass der Prinz damit erst wirklich seine Weisheit bewiesen habe und sie als Belohnung nun immer die schöne Gestalt tragen würde.

Und was ist die Moral dieser Geschichte? Es ist ganz egal, ob eine Frau schön ist oder hässlich – im Inneren bleibt sie doch immer eine Hexe.

Ferne

von sanjok

Er sah diese Gesichter zum ersten Mal, und doch kamen sie ihm so bekannt vor. Alle Menschen waren mit irgendetwas beschäftigt, manche unterhielten sich, manche schliefen, andere lasen in ihren Büchern. Doch keiner schaute aus dem Fenster wie er, berauscht vom Anblick der herbstlich gekleideten Bäume, deren Kronen mal gelb, mal braun, mal rot gefärbt waren. Seine Augen waren traurig, und doch sahen sie nur das Schöne.

Schon seit vierzehn Stunden war dieser junge Mann unterwegs, unterwegs in den grauen Alltag – in einem grauen Bus. Er erinnerte sich immer wieder an die letzten Umarmungen und Küsse, an den letzten Tanz und an den letzten Blick, fragte sich, ob sie wirklich die letzten waren. Diesen Gedanken wollte er immer ganz schnell vergessen. "Wir verabschieden uns nicht," waren ihre letzten Worte, die voller Hoffnung auf ein Wiedersehen waren, das ganz bestimmt nicht bald kommen sollte.

Er fühlte nicht den Schmerz in seinem Rücken und merkte nicht, dass sein Bein eingeschlafen war. Sein Kopf war mit anderen Dingen beschäftigt, die in ihm viele angenehme Gefühle hervorriefen. Das Herz dieses jungen Mannes schlug jetzt im Rhythmus mit einem anderen. Er war beflügelt, und doch störten ihn diese irdischen Schranken. Er war einfach nicht in der Lage, sie jeden Tag zu sehen.

Der Bus hielt an. "Bitte bereiten Sie Ihre Reisepässe vor. Wir sind an der Grenze." Schon zum dritten Mal musste

sein Pass bestempelt werden. In einer halben Stunde fuhr der Bus wieder. Der junge Mann schaute aus dem Fenster. Er schaute in die Ferne, dorthin, wo sie jetzt weinte und an ihn dachte. Er wollte wieder zu ihr.

Telefongespräch

von heinz danner

"Ach, du bist es!
Wie geht es dir?"
Lange Minuten –
Vogelgezwitscher.
Dein Herz dehnt sich –
Du hast wieder
Ihre Stimme gehört.

Interview

von spilo

"Freiheit", ein Thema, das uns alle beschäftigt. Es gibt jedoch Menschen, für die dieses Thema eine ganz besondere Bedeutung hat. Oft haben wir in unserem !MARCS schon über diese Menschen geschrieben und sie zu Wort kommen lassen. Ich selber habe sogar einige "Freunde" unter ihnen, wenn man das überhaupt so sagen kann. Die Rede ist von so genannten "Straßenkids" in Deutschland.

Folgendes Interview habe ich zum Thema "Freiheit" in Köln aufgenommen.

Kommentar: Es ist gegen 16:00 Uhr, die Sonne scheint, und wir sitzen hier gemütlich am Rheinufer der Kölner Altstadt. Die Stimmung ist ausgelassen, viele Leute genießen die ersten Sonnenstrahlen des Jahres. So kann man es aushalten. Bei uns sitzt Pünktchen und spielt mit seiner Flasche "Alt".

!MARCS: *"Rote Haare, zerfetzte Klamotten. Du nennst dich Pünktchen, lebst eigentlich mal hier mal da. Ein recht ungewöhnlicher Lebensstil für einen 17–Jährigen. Wie würdest du dich beschreiben?"*

Pünktchen: "Ich bin ein Punk. Das normale Leben hat mir nicht gefallen. Ich habe dieses Leben gewählt, weil ich zuhause keinen Sinn mehr gesehen habe. Ich hatte dort viel Stress mit meinen Alten. Seit drei Jahren wohne ich nun auf Platte."

!MACRS: *"Ist diese Art des Lebens nicht auch sehr an–strengend, vielleicht sogar gefährlich? Immerhin bist du noch nicht volljährig?"*

Pünktchen: "Es ist nicht einfach, ein solches Leben zu leben. Am schlimmsten ist es, dass viele Leute diese Lebensart nicht akzeptieren. Kein Respekt. Man wird beschimpft, angepöbelt und behandelt wie Dreck. Ich bin nicht kriminell oder so, trotzdem habe ich stets Ärger mit den Bullen. Meine Alten haben mich nicht vermisst gemeldet, daher lässt man mich immer wieder gehen."

!MACRS: *"Jeder Jugendliche wird in irgendeiner Art und Weise unterstützt, sei es durch Taschengeld oder natürlich auch durch die Hilfe der Eltern. Bist du auf Hilfe angewiesen? Wie läuft das ab?"*

Pünktchen: "Ja, mir wird auch geholfen. Es ist nur schwer, jemanden zu finden, der einem hilft, ohne Hintergedanken. Ich brauche kein Mitleid, sondern Men–schen, die mich verstehen."

!MACRS: *"Wenn du stets umherwanderst, von Stadt zu Stadt, bleiben da nicht die Freundschaften auf der Strecke? Wie sehen diese bei dir aus?"*

Pünktchen: "Freundschaften, gibt es sowas überhaupt noch?"

Kommentar: Pünktchen trinkt einen kräftigen Schluck aus seiner Flasche und denkt nach. Dabei schlägt er den Kopf nach hinten und schaut in den Himmel. Freundschaften, Vertrauen, Liebe sind Dinge, die in der heutigen Zeit oft hinten anstehen. Vor dem Interview haben wir mit Pünktchen über Freunde gesprochen. In diesem Punkt ist er sehr von seiner Umwelt enttäuscht worden. Diese Enttäuschung steht tief in seiner Seele geschrieben.

!MACRS: *"Du beschreibst dein Leben als ein freies Leben. Was bedeutet für dich Freiheit?"*

Pünktchen: "Früher dachte ich, Freiheit ist da, wo es keine Regeln gibt. Heute weiß ich, dass es ohne Regeln nicht geht. Dein Körper setzt dir Regeln: er hat Hunger, muss scheißen und so weiter. Jedoch kann man auch von anderen Leuten bestimmt werden. Ich glaube heute, dass genau an dieser Stelle die Freiheit aufhört."

!MACRS: *"Freisein bedeutet für dich also, alles über dich bestimmen zu können. Ist da dann noch wirklich Platz für jemand anderen, der den Weg mit dir geht?"*

Pünktchen: "Manchmal fühle ich mich wirklich alleine, fange an zu heulen und frage mich, warum ich von zuhause abgehauen bin, warum ich kiffe, rauche und diese ganze Scheiße hier mache. Die Straße... Manchmal denke ich, frei zu sein. Dann holt mich jedoch das Leben wieder ein und erschlägt meine Träume."

!MACRS: *"Du sprichst von Träumen. Jeder Mensch hat diese. Wie sehen deine aus und glaubst du an sie?"*

Pünktchen: "Träume... Ich träume mein ganzes Leben. Es ist schwer zu sagen. Ich würde gerne ein großes Haus haben, in dem alle meine Freunde wohnen können und in dem auch mein Hund lebt. Niemand sollte mehr traurig sein und Hunger haben. Niemand sollte dort gezwungen werden, etwas zu tun, was er nicht mag, und es gäbe auch keine Polizei!"

Kommentar: Pünktchen gerät richtig ins Schwärmen. Er hat die Gabe, wirklich zu träumen. Für kurze Zeit scheint er in einer anderen Welt zu sein, aus der er seine Signale in unser Tonband funkt.

!MACRS: *"Träume beeinflussen die Zukunft, zumindest können sie das. Du bist noch jung und dir steht noch vieles offen. Was hast du vor in deinem Leben?"*

Pünktchen: "Die Straße ist zwar ganz o.k., aber so kann es nicht ewig laufen. Ich will die Schule nachmachen und dann vielleicht nach Spanien auswandern. Ich liebe die Menschen dort und die warme Sonne. Ich bin noch jung und kann noch was machen, auf jeden Fall..."

Nachwort

!MARCS young electronic magazine ist ein Medien-projekt der *media community scram! e.V.* aus Speyer (www.scram.de).

Wir geben das Internet-Magazin !MARCS heraus, das auf Non-Profit Basis arbeitet. Wir veröffentlichen vor allem Themen aus Kultur, Gesellschaft und Leben jenseits des Mainstreams. Dabei lassen wir auch gerne "Minderheiten und Randgruppen" zu Wort kommen. Unsere Hauptzielgruppe sind Jugendliche und junge Erwachsene, jedoch wird unser Magazin auch sehr gerne von älteren Menschen gelesen.

Unsere Texte sind authentisch und stammen von unterschiedlichsten, meist jungen Menschen. Uns geht es darum, deren Gedanken und Lebensumstände möglichst realitätsnah und möglichst ohne Vorbewertung dar-zustellen. Unsere Autoren schreiben sehr emotional und manchmal sogar intim. Dies eröffnet unseren Lesern einen tiefen und selten ermöglichten Einblick in das Leben von Menschen – Menschen, die man sonst vielleicht gar nicht beachten oder verstehen würde.

!MARCS möchte einen kleinen Beitrag dazu leisten, dass Menschen und Gruppen, die eher "am Rand" stehen, etwas besser verstanden und toleriert werden. Ebenso möchten wir dokumentieren, dass es im Leben mehr gibt als die Themen, die unserer Gesellschaft "tagtäglich aufgezeigt" werden.

Wir verstehen uns als ein offenes Magazin, in dem jeder seine Gedanken und Texte prinzipiell ungefiltert ver-öffentlichen kann. Hierbei bieten wir zusätzlich unsere

Hilfestellung und Medienerfahrung an, wodurch wir junge Autoren zum aktiven Schreiben anregen.

Sie möchten diese ehrenamtliche Arbeit unterstützen?

Nehmen Sie einfach Kontakt mit uns auf, die Adresse steht im Impressum. Denn als Non-Profit-Projekt sind wir auf Fördergelder und Sponsoring angewiesen. Wir freuen uns über jede Form der Unterstützung.

!MARCS

Unsere Redaktionsräume (media lab) in Speyer

Privates Arbeitszimmer von Spilo

Gemeinsame Redaktionssitzung mit dem Seniorenbüro

Das !MARCS–Team im Jahre 1999

Die letzte Seite

...möchten wir dafür verwenden, allen Helfern ein großes "Danke" zu sagen. Viele unserer Freunde haben uns mit Tipps und Ratschlägen unterstützt und selber Hand angelegt, damit wir dieses Buch veröffentlichen können. Ohne diese Hilfe hätten wir es nicht geschafft, ein derartiges Projekt zu bewältigen.

Kurz möchten wir noch auf die verwendete Technik eingehen, die wir genutzt haben.

Die Texte stammen aus der MySQL–Datenbank unseres Webservers (Apache). Diese haben wir via "Open Office" in "TECH" importiert. Teilweise haben wir die Layout–gestaltung im "Showcase" von Silicon Graphics vorge–nommen. Die Bildnachbearbeitung und das Scannen (wir sind Laien darin, was den Print–Bereich angeht) haben wir mit "GIMP" und "XView" getätigt. Die von der Druckerei geforderte Postscript–Datei haben wir mit "Ghostview" und "Ghostscript" überprüft. Die meisten der verwendeten Softwarekomponenten können unter "LINUX" verwendet werden.

Die benutzte Software ist fast ausschließlich kostenlos verfügbar.

Sicherlich ist es oft einfacher, "kommerzielle" Software zu nutzen. Uns ist jedoch die Erfahrung wichtig, dass eine professionelle Produktion von Büchern auch mit frei zugänglicher Software möglich ist.